Ferdinand Ascher

Der liebe Nächste

Volksstück in drei Aufzügen

Ferdinand Ascher

Der liebe Nächste
Volksstück in drei Aufzügen

ISBN/EAN: 9783743354357

Hergestellt in Europa, USA, Kanada, Australien, Japan

Cover: Foto ©Andreas Hilbeck / pixelio.de

Manufactured and distributed by brebook publishing software (www.brebook.com)

Ferdinand Ascher

Der liebe Nächste

Der liebe Nächste.

Volksstück in drei Aufzügen

von

Lukas Karr.

Manuscript.

Alle Rechte vorbehalten.

Verlag von Lukas Karr. — Druck von B. Hornung in Wien.

Personen:

Kaiser Franz.
Ambros Heiglmayer, Subalternbeamter bei Gericht.
Theresia, seine Frau.
Anna \
Poldl } beider Kinder.
Hofmann, Leibkammerdiener bei Kaiser Franz.
Alexander, sein Sohn aus erster Ehe.
Frau Hofmann, zweite Frau Hofmann's.
Pfitzinger.
Franz Stanzl, Feldwebel bei Deutschmeister-Grenadieren.
Moosbrunner.
Lisi, Dienstmädchen bei Hofmann.
Ein Botenjunge.
Ein Schusterjunge.
Ein Polizist.

Beamte, Handwerksmeister, Gesellen, Nachbarn und Nachbarinnen von Hofmann, Passanten beim Stubenthore ꝛc. ꝛc.

Ort der Handlung: Wien. — Zeit: Herbst 1825.

———

I. Aufzug.

Wohnung bei Heiglmayer. Dürftige Einrichtung; überall das Bestreben erkenntlich, diese Dürftigkeit durch wohlfeilen Flitter zu verdecken. Im Fond Haupteingang. Rechts (Seitenwand) Fenster auf die Straße; unter demselben ein kleiner Tisch mit drei Stühlen. Linke Seitenwand rückwärts eine Thüre in Nebenräume. Im Vordergrunde links ein großer altmodischer Tisch. Dahinter ein mit abgeblaßtem Stoff überzogenes, geradlehniges Sopha; um den Tisch mehrere Stühle. An der Wand im Hintergrunde eine Commode; auf derselben eine Uhr. Nächst der Nebenthüre ein Kleiderständer mit Ueberröcken, Hüten, Regenschirmen ꝛc.

(Links und rechts vom Zuschauer aus.)

1. Scene.

Heiglmayer, Frau Heiglmayer, Anna, Poldl.

(Die drei Erstgenannten sind bemüht, den Tisch, über welchem schon ein rothgemustertes Kaffeetuch liegt, zu decken. Poldl, der ganz vorne, mit dem Rücken gegen den Tisch, das Gesicht den Zuschauern zugewendet, sitzt, hat eine schwerfällige Kaffeemühle zwischen den Knien und dreht daran.)

Anna.

(Junges, blühendes Mädchen, einfach aber sehr nett gekleidet. Sie hält eine am Rande gebrochene Kaffeetasse in der Hand, welche sie der Mutter vorweist.)

Da schau'n S' her, Mutter! — Und da: a rothe Schal'n und a blaues Teller dazu; und da is' wieder a Henkel weg....

Frau Heiglmayer.

(Vierzigerin, etwas gezierteres Wesen, geputzte Kleidung.)

Mon Dieu! Hätt'st Dich früher umgesehen!

Anna.

Und Löfferln sind auch nur viere da.

Heiglmayer.

(Typus des alten Subalternbeamten, gemessen in Rede und Bewegungen; glatt rasirt; trägt die Festtracht damaliger Zeit: blauen Frack mit großen Metallknöpfen, Vatermörder, ungeheuer hohe, die freie Bewegung des Kopfes hemmende Halsbinde, sehr enge Beinkleider.)

Hm — die Zuckerdose scheint zum hierseitigen Amtsgebrauche auch nicht mehr voll geeignet.

Poldl.

(17jährig, eckig und linkisch.)

Es is' ein sogenanntes G'fretto!

Frau Heiglmayer.

Ja, es fehlt an allen Ecken und Enden — leider! Ehren und Ansehen genießt der Beamte — gottlob! — aber Einkünfte —! Es bleibt nichts übrig, Anna, als einen Sprung hinüberzumachen, zur Nachbarin......

Anna.

Zur Frau von Hofmann? Geh'n S', Mutter, ich war heut' schon so oft drüben. Zuerst wegen 'm Kaffee; dann wegen ein' Kaffeetuch, weil unser's in der Wäsch' is'; die Mundtüch'ln hab' ich auch ausg'liehen, und Glas'ln und......

Frau Heiglmayer.

Welche Geschichten! Die Frau Leibkammerdienerin Hofmann rechnet sich's zur Ehre. — Wir sind ja auch nicht schuld daran, daß die Herren Bedienten auf Porzellan und Silber essen können, während ein Beamter....

Heiglmayer
(warnend)

Theresia!

Poldl.

Zu was brauchet denn auch a Beamter Porzellan und Silber? Acht Tag' nach'n Ersten gibt's do' nur mehr a Händl an ein' Bandl (— Wurst) als Braten und a Kreuzerweckerl als Mehlspeis' — und so was kann man auf einer papierenen Unterlag auch essen.

Frau Heiglmayer.

Jetzt hör nur Einer den dummen Buben an!
(Zu Anna.)
Jeden Augenblick kann der Franz kommen. Will die Jungfer Zimperlich, daß er seinen Kaffee mit dem Säbel umrührt? Der möcht' sich was Schönes denken von Deiner Wirthschaft!

Poldl.

Und vom Heiraten is' so ein junger Mensch heutzutag eh' (— so) viel leichter wegg'schreckt, als ein Ochs vom Luzernerklee.

Anna.

Mein ganzer Geburtstag freut mi' nimmer! Das ewige Ausleih'n.....
(Zögernd durch die Mitte ab.)
(Man hört hinter der Scene eine kräftige Männerstimme singen: „Hallodero! Halliderä! Die Welt, die Welt is' wunderschön.")

Frau Heiglmayer.

Mon Dieu! das lüderliche Tuch, der Herr von Pfitzinger.

2. Scene.

Vorige (ohne Anna), **Pfitzinger.**

Pfitzinger.

(Anfangs der Dreißiger, lebhaft, geschäftig, lustig. Er trägt einen verschlissenen langen Bratenrock und raucht aus einer langen Pfeife. Nächst der Nebenthüre, durch die er eintritt, bleibt er stehen und schnuppert umher.)

Ich wittere Jausenluft!

Frau Heiglmayer.

Mon Dieu! Mon Dieu! Mon —

Pfitzinger

(scheinbar erschrocken.)

Gerechter Himmel! Was is' denn los, verehrte Gönnerin? Glauben könnt' man, die Franzosen stehen wieder vor Wien.

Frau Heiglmayer.

Ist es erhört, daß Jemand in ein anständiges Sitzimmer kommt mit einem Qualm wie so eine neumodische Lako — Loka —

Pfitzinger.

Ah! wie eine Lokomotive? — Ausgezeichneter Vergleich das, hochverehrteste aller Quartierfrauen.

(Präsentirt die Pfeife wie ein Gewehr.)

Meinen unterthänigsten Respect.

Während er die Pfeife an den Kleiderständer lehnt. Sie sehen, vielliebe Frau von Heiglmayer: ich weiß unserer Freundschaft ein Opfer zu bringen.

Frau Heiglmayer.

Hören S' mir auf mit Ihrer Freundschaft! — In die Wohnung von ein' Beamten, also einer Standesperson, kommt man nicht mit einem Rauch wie ein Kohlenbrenner. Fi donc.

Pfitzinger.

Gestatten Sie mir die ergebenste Bemerkung: als Zimmerherr bin ich doch sozusagen kein Fremder in diesen Prachträumen. — Was ist Ihre juristische Ansicht von der Sache, geehrtester Herr von Heiglmayer?

Heiglmayer.

Nach dem Gesetze.....

Frau Heiglmayer.

Gesetz oder nicht Gesetz! Ich dulde solche Respectwidrigkeiten nun einmal nicht. Das sind die Manieren der Straße, auf der Sie sich den ganzen Tag herumtreiben.

Pfitzinger.

Ich — treibe — mich —? Na verzeihen Sie, theuerste Gönnerin und Quartierfrau, das ist sozusagen starker Tabak. Ich sag' Ihnen: ich bin den ganzen Tag thätig als wie eine Windmühl'. Soll ich Ihnen erzählen, was ich heut' Alles geleistet hab'? Da werden S' spitzen!

(Erzählt das Folgende unter vielen Gesten mit großer Zungengeläufigkeit.)

Alsdann: In der Früh renn' ich fort. In der Postgassen schreit wer hinter mir: Herr Pfitzinger! — Herr von Pfitzinger! — Natürlich bleib ich stehen. Wer ist's? Der Graf Strzipizinsky.

Frau Heiglmayer.

Strzi —

Heiglmayer.

Der Graf —

Pfitzinger.

Strzipizinsky, zu dienen. — Seh'n S', Sie können Ihnen net einmal den talkerten Namen dermerken, ich aber mach' mit solche' Persönlichkeiten die wichtigsten Geschäfte! — Also der Graf Strzipizinsky ruft mich an. Sie, sagt er, Pfitzinger, thun S' mir den G'fallen und machen S' mir ein' Sprung hinunter in die Jägerzeil' zu mein' Leibjuden. Der Kerl wird spießig und ich brauch' heut' noch fünfhundert Gulden. Reden Sie ihm in's Gewissen; wenn Sie ihn dazu bringen, geb' ich Ihnen fünf Gulden. Ich wie das schweflige Donnerwetter hinunter in die Jägerzeil. Der Leibjud vertheidigt seine Brieftaschen wie ein Tiger seine Jungen — nutzt aber Alles nix — wenn ich einmal Ein' in die Fäng' hab', dann gibt's kein Loskommen: statt hundert Procent versprech' ich ihm zweihundert, dann schlepp' ich ihn in einen Wagen — fort zum Grafen. Fünf Gulden waren verdient.

Heiglmayer

(entsetzt.)

Zweihundert Procent! Erlauben Sie, das ist ja strafbarer Wucher.

Pfitzinger.

J' bitt' Ihnen gar schön! Versprochen is' bald' was! — Mit meine' fünf Gulden bumml' ich gemüthlich in mein Stammkaffeehaus. Kaum bin ich dort, stürzt der Juwelier, der Lipperl, auf mich los: „Du", sagt der Lipperl zu mir, „die Dingsda, das Balletmadl im Freihaus, will partout ihren Schmuck noch heut' haben. Der Baron — eh schon wissen — hat drei Zwanz'ger für den spendirt, der ihn hinausträgt." — „Gib her," sag' ich zum Lipperl — und war schon am Weg. Sie, wie mich die! —

(macht die Bewegung des Ballettanzens) empfangen hat —!

Frau Heiglmayer.

Fi donc! Das sind ja höchst unmoralische Geschäfte! — Wie schaut denn eigentlich so eine Person aus?

Pfitzinger.

Na, sauber und noch einmal sauber! — Mich und den Schmuck hat s' natürlich mit offenen Armen aufg'nommen — so zu sagen — und zum Schluß hat s' mir in der Freude ihres Herzens auch einen Gulden geben.

Frau Heiglmayer.

Sie leben ja von Unmoralitäten.

Pfitzinger.

Von der Moral allein leben wär' auch ein Kunststückl. Die Unmoral aber hat mir heut' sieben Gulden tragen. Nur keine Vorurtheile, das is' mein Prinzip.

Heiglmayer
(mit Bitterkeit.)

Es gibt Leute, die ein halbes Monat lang Acten abschreiben müssen, bis sie sieben Gulden verdient haben.

Pfitzinger.
(zu Frau Heiglmayer.)

Da haben Sie's mit Ihrer Moral.

Frau Heiglmayer.

Bei dieser Gelegenheit errinner' ich daran, daß . . . . . .

Pfitzinger
(einfallend.)

. . . . . der Zins fällig is. Ich hab' mir's gleich gedacht.

Frau Heiglmayer.

Wir müssen unser'n Zins auch bezahlen — und das sehr pünktlich, denn der Herr Moosbrunner . . . Drei Tag' vor der Fälligkeit besucht er jede Partei und erinnert . . . . Weh' dem, der etwa den Termin vorübergehen ließe!

Pfitzinger.

Ja, dieser Hausherr is' eine von den Geiseln Gottes; ein wahrer Menschenfeind. Er schaut auch schon so aus, als lebt' er abseits von der Menschheit in ein' Erdloch, oder so wo: die großen rothen Pratzen, die anderthalb Wiener Fuß weit bei die Aermeln herausschau'n; die Umurkennasen in dem z'widern G'sicht; Winter und Sommer ein gelbes Gilet und ein' blauen Rock — Salat mit Eier — und bodenscheue Hosen. Und so was hat unser Herrgott Hausherr werden lassen!

Heiglmayer, Frau Heiglmayer
(seufzend.)

Ach ja!

Poldl.

Den Seinen gibt's der Herr im Schlafe.

Frau Heiglmayer.

Vermuthlich haben wir noch heute das Vergnügen

Heiglmayer.

Zum Glück kann der Zins anstandslos dem Bezugsberechtigten ausgefolgt werden.

Pfitzinger.

Sie, da danken S' Ihrem Schöpfer!

Frau Heiglmayer.

Auf Ihre fünf Gulden haben wir allerdings gerechnet.....

Pfitzinger.

Auf meine.....? Wissen Sie was: Ich werd' morgen zahlen. Heut' haben s' mich nämlich im Kaffeehaus abg'sotten.

Frau Heiglmayer.

Abg'sotten? Was soll das heißen?

Pfitzinger.

Sie — wissen — nicht — was —

(gegen Himmel.)

Sie weiß nicht, was absieden heißt! — Oh, Sie ahnungsloser, unschuldiger Engel Sie! — Sagen Sie mir, können Sie Tarok spielen?

Frau Heiglmayer.

Was fällt Ihnen ein!

Pfitzinger.

Dann begreif' ich Alles. Ich kann's nämlich — leider. Heut' spiel' ich im Kaffeehaus und zwar — a Conto von die sieben Gulden — mit einer gewissen Tollkühnheit. Zweimal hab' ich den Pagat ang'sagt — beide Mal' wird er mir abg'fangen — derart abg'fangen, daß ich froh war, daß s' nicht den Sküs mitg'fangt haben. Dann geb' ich aus Zorn auf einen Ang'sagten Contra — richtig wird der

mit Glanz g'macht. Kurzum: Pech über Pech! Wie ich aufg'standen bin,
(seufzend)
war ich um sechs Gulden fünfunddreiß'g Kreuzer leichter..... Das, verehrte Dame, nennt man abg'sotten werden.

Frau Heiglmayer.

Mon Dieu — das ist ein Leichtsinn —

Pfitzinger.

Ich spiel' auch nimmer — außer es wird das famose Spiel mit die drei Stüs erfunden, wovon der Spieler immer zwei sozusagen als Reserve in' Sack stecken darf. — Also morgen zahl' ich.

Frau Heiglmayer.

Aber bestimmt!

Pfitzinger.

Eine Hypothek können S' darauf nehmen. — Zur Entschädigung erzähl' ich Ihnen, wenn Sie später Zeit haben, allerhand Intimes aus meiner Geschäftspraxis — Sie! interessante Sachen!

Frau Heiglmayer

Von der Ballettänzerin?

Pfitzinger.

Meinethalben, Hochverehrte!

Frau Heiglmayer.

Es ist zwar unmoralisch — aber unter vier Augen —

Pfitzinger.

Und discret —

Frau Heiglmayer.

.... sind das doch ganz unschuldige Titscherien. Also auf später.

(Ab durch die Nebenthüre.)

Poldl

(macht die letzten Drehungen an der Kaffeemühle.)

Rtsch! Rtsch! — fertig — der Jausenkaffee is' verdient. Jetzt hinaus damit in die Kuchl und dann hinunter in die Freiheit — das heißt in den Hof ein Zigarl rauchen.

(Geht mit der Kaffeemühle durch die Nebenthüre ab.)

Pfitzinger.

(Poldl nachsehend.)

Sagen S' mir, was wird denn aus dem Buben werden? Sein ganzes Leben lang kann er doch nicht Kaffeereiben.

Heiglmayer

(während er mit Pfitzinger nach dem Tischchen unter dem Fenster geht, wo sich Beide setzen.)

Diese Frage ist eben im Begriffe, einer gedeihlichen Lösung zugeführt zu werden. Auf Grund einer Verlautbarung in der Wiener Zeitung hab' ich eine Idee gewonnen.

Pfitzinger.

Eine Idee? Aus der Wiener Zeitung? Sie, das is' wirklich höchst merkwürdig. Sonst ein ganz ausgezeichnetes Blatt, die Wiener Zeitung und für alle Leut', die in der Möglichkeit leben, zu avanciren, sehr interessant — aber Ideen!!

(nimmt ein auf dem Tischchen liegendes Exemplar des Blattes auf und blättert während der folgenden Worte in demselben.)

Richtig ist von dem Fall Haxler oder Kraxler, oder wie das Individuum heißt, kein Wort d'rinnen.

Heiglmayer.

Haxler? Kraxler?

Pfitzinger.

Sie wissen nichts davon? Das ist ja eine höchst interessante Geschichte; eine Art Kriminal-Roman.

Heiglmayer.

Kein Wunder! Der Name hat entschieden etwas polizeiwidriges.

Pfitzinger.

Und sein Träger erst! Das ist nämlich ein äußerst confiscirter Kerl: ein Wühler, ein Umstürzler, ein Revolutionist sozusagen. Einer, der kerzeng'rad darauf hinarbeit', daß die Grafen und Barone in's Holz hacken gehen müssen und der Rothschild Steinerklopfen — damit er selber 's ganze Geld kriegt, natürlich.

Heiglmayer.

Dergleichen ist amtlich und actenmäßig festgestellt?

Pfitzinger.

Noch mehr! — Denken S' Ihnen, der Kerl schreibt Artikel für verbotene Zeitungen!! Und von der Regierung des Fürsten Metternich hat er behauptet, daß sie

(wispert ihm etwas in die Ohren.)

Heiglmayer

(erhebt sich langsam und entsetzt von seinem Stuhle.)

Das berichten die Acten von diesem Kraxler?

Pfitzinger
(drückt ihn wieder auf den Sitz nieder.)

Oder Haxler.... Ja, es is' kaum zu glauben! Stellen S' Ihnen vor: von Freiheit predigt er!

Heiglmayer.
Von Freiheit?!

Pfitzinger.
Meiner Seel'! — In Oesterreich! — Eine Constitution hat er auch eing'führt haben wollen, der Haderlump!

Heiglmayer.
Und den hat man nicht durch Hängen vom Leben zum Tod gebracht?

Pfitzinger.
Dummer Weis'. Nur eing'sperrt haben s' ihn — und das schlecht; denn eines Tages — hast ihn net g'sehen, siehst ihn net a — war er ausbrochen, abg'fahren,

(mit einem Pfiff.)

— auf und davon.

Heiglmayer.
Das ist mir unbegreiflich. Die Gefängnißordnung von anno fünfzehn enthält gerade in Betreff solcher Verbrecher die allerstrengsten Vorschriften.

Pfitzinger.
Ja, die Sorte is' sehr verstockt. Um Gesetze und Vorschriften kümmert sich dieses Volk prinzipiell nicht. — Der Haxler oder Kraxler is' also fort — natürlich nach Amerika, zu was wär' denn auch sonst der Welttheil entdeckt worden.

Heiglmayer.
Die Behörden sind ihn also los.

Pfitzinger.
Gewesen! gewesen! — Er is' nämlich wieder da.

Heiglmayer.
Hier in Wien?

Pfitzinger.
So wird von amtlicher Seite vermuthet.

Heiglmayer.
Und wenn amtlich etwas vermuthet wird —

Pfitzinger.
So hat man amtlich schon eine Spur, so zu sagen.

Heiglmayer
(sehr befriedigt.)

Und wenn Seine Excellenz der Herr Polizei=Oberdirector einmal nur die Idee von einer Spur hat —

Pfitzinger.
..... so ist der Betreffende g'liefert. Gar, wenn zweihundert Gulden Belohnung auf seine Aus=forschung g'setzt sind, wie in dem Fall. — Zweihun=dert Gulden! Das is' kein G'spaß!

4. Scene.
Vorige, Anna, Lisi, später Frau Heiglmayer.

Anna
(mit zwei Flaschen Wein und einer Torte, gefolgt von Lisi, welche auf einem Kaffeebrette mehrere Schalen und Löffel trägt.)

So Lisi; — wenn Sie so freundlich wären: stellen Sie's da auf den Tisch. Dank' schön.

Lisi.

Gern g'schehen, Fräul'n Anna.
(ab.)

Anna.

Denken S' Ihnen, Vater, schenkt mir die Frau Nachbarin gar noch ein' Wein und eine Torten für den Geburtstagstisch.

Pfitzinger.

Na, das Unglück is' noch zu ertragen.
(Nimmt Anna ohne Umstände eine der Flaschen aus dem Arm, besieht das Siegel und hält den Wein gegen das Licht.)
Prälatenwein von anno elf! — Für eine Frau, die mit ein' Fuß noch im alten Testament steckt, wie die Frau Nachbarin, is' so ein geistlich's G'schenk wirklich eine anerkennenswerthe Leistung.

Anna

(stellt Wein und Torte auf den Tisch.)

Diese Frau ist ein wahrer Engel. Jetzt plagt sie sich wieder den ganzen Tag mit dem kleinen Kind ab —

Pfitzinger.

Mit einem kleinen Kind? Is' etwan der Storch zur Frau Leibkammerdienerin —

Anna.

Plauschen S' net. — Wissen S', Vater, mit dem kleinen Kind von dem armen Weib, der Näherin im dritten Stock, die gestern g'storben is.

2*

Heiglmayer.

Ich erinn're mich an den Act — will sagen an den Vorfall. Hm, eine Näherin — von ihrem Geliebten verlassen — Noth — Elend — kurz, die traurigen Folgen ungesetzlicher Zustände.

Frau Heiglmayer

(durch die Nebenthüre eintretend hat die letzten Worte gehört.)

Ja die ungesetzlichen, das heißt die unmoralischen Verhältnisse — fi donc! — Solche Leut' haben nichts zu brechen und zu beißen, aber eine Gspusi müssen s' haben. Was soll jetzt mit dem Kind werden?

Anna.

Ich sag's ja g'rad': die Frau von Hofmann nimmt sich um das arme Würmerl an.

Frau Heiglmayer.

Mon Dieu! Die Frau Leibkammerdienerin unterstützt die Unsittlichkeit?

Pfitzinger.

Bravo! Die hochverehrte Hausfrau trifft halt doch immer den Nagel auf den Kopf — der Frau Nachbarin.

Frau Heiglmayer.

Spötteln Sie nur — recht hab' ich doch. 's gibt Kinderversorgungsanstalten genug. D'rum hat eine anständige Frau mit solchen Unmoralitäten nichts zu schaffen.

(Mit Beziehung.)

Aber gewisse Leut' haben halt gar keine moralischen Grundsätze — das liegt schon so im Blut.

Heiglmayer.

Hm — hm, Theresia — ich bitte Dich! Der Herr Leibkammerdiener ist eine einflußreiche Persönlichkeit. Man muß da mildernde Umstände zubilligen.

Frau Heiglmayer.

Ja, wenn der Herr Gemahl nicht der Herr Leibkammerdiener wär'! — Uebrigens begreif' ich nicht, daß der Herr Leibkammerdiener g'rad auf diese — diese — Person —

Heiglmayer
(sich unruhig umsehend.)

Pscht! pscht! Theresia!

Frau Heiglmayer
(ihre Stimme etwas dämpfend.)

Wahr ist's ja. So viele ehrenwerthe Beamten- und Bürgersfamilien haben unversorgte Töchter — nein, so ein daherg'laufenes Frauenzimmer, von der man net recht weiß, wo sie herkommt, muß er sich nehmen!

Pfitzinger.

Das heißt: man weiß nur zu gut, wo sie herkommt: Der Herr Papa war Einer von unsere Leut' — in Mährisch-Trübau ein Roßtäuscher. Und da liegt der Has' im Pfeffer, sozusagen. Wär' die Frau Leibkammerdienerin keine Leibkammerdienerin, sondern — getauft oder ungetauft — eine alte Jungfer worden, — kein Mensch thät' sich um sie scheeren. Aber die Anmaßung, eine Bürgersfrau zu werden, wie jede Andere, das kann nicht entschuldigt werden. Ewig net! Und darum wird die Frau Leibkammerdienerin immer ein Klampfl, ein ganz kleines, aber sonst recht solides Klampfl, an sich hängen haben.

Anna.

Ich denk', gottlob, anders über die Pflichten gegen meine Nächsten.

Pfitzinger.

Der liebe Nächste! — Kommen S' nur mir nicht mit solche Redensarten! — Jeder is' sich selbst der Nächste — das gilt heut'.

Anna.

Es wär' traurig, wenn's so wär'.

Heiglmayer.

Die Erörterung hierüber steht nicht in Verhandlung. Ich stelle den Antrag, es sei jetzt an die Frau Nachbarin zum Jausenkaffee einladend heranzutreten.

Frau Heiglmayer.

Wenn 's schon nicht anders sein kann, so geh' hinüber. Aber das bitt' ich mir aus, Ambros: keine überflüßigen Complimente; etwa, daß uns durch den hohen Besuch gar so eine Ehr' erwiesen wird, oder dergleichen. Wir sind auch wer — verstanden!

Heiglmayer.

Verstanden und beistimmend zur Kenntniß genommen, theuerste Theresia! (Nimmt seinen Hut vom Kleiderstocke, wendet sich zum Gehen.)

Anna.

Und, net wahr Vater, Sie sagen ihr's recht freundlich und gut.

(Ihren Arm unter den des Vaters schiebend.) Ich geh' mit Ihnen, Vater.

(Beide ab.)

Frau Heiglmayer.
Na, das ist schon wieder sehr überflüßig . . . .
(Nachdem Heiglmayer und Anna abgegangen.)
Mon Dieu! meine Kinder sind wirklich rechte Talken.
(Setzt sich an das Tischchen beim Fenster.)

Pfitzinger.
Für den Buben wenigstens möcht' ich garantiren.

Frau Heiglmayer.
(zum Fenster hinaussehend.)
Ha— ein blauer Rock —

Pfitzinger
(ihr über die Schulter sehend.)
. . . . mit zu kurzen Aermeln! . . . . Riesige Pranken . . . . .

Frau Heiglmayer.
Ein gelbes Gilet . . . . .

Pfitzinger.
Die reine Eierspeis'! — Mit einem Wort: es ist der angenehme Besuch unseres Haustyrannen, des ehrenwerthen Herrn Moosbrunner, zu erwarten.
(Es wird geklopft.)

Frau Heiglmayer.
Herein!

5. Scene.
Frau Heiglmayer, Pfitzinger, Moosbrunner.

Moosbrunner.
(An 70 Jahre alt, aber ohne alle Spuren von Gebrechlichkeit; schneeweißes Haar, rothe Nase, ebensolche Hände;

trägt einen altväterischen blauen Rock, dessen Aermel zu kurz sind und aus dessen Schößen ein großes rothes Taschentuch weit heraushängt, gelbes Gilet und zu kurze Beinkleider. Kurz angebundene, wenig höfliche Art.)

n' Abend. — Wollte nur ergebenst anzeigen, daß ich übermorgen 'n Hausmeister um 'n Zins schicken werd'. I' bin ein Freund von Ordnung —

Frau Heiglmayer.

Das Geld liegt parat. Der Zins ist z' Erste.

Moosbrunner.

Schön.

Frau Heiglmayer.

Wollen nicht einen Augenblick Platz nehmen? (Moosbrunner setzt sich.) Vielleicht ein Schalerl Kaffee g'fällig?

Moosbrunner.

Muß schönstens danken. Der Appetit is' mir für heut' vergangen. Lauter so fatale G'schichten. . . . Näherin im dritten Stock g'storben — natürlich bevor s' 'n Zins 'zahlt hat.

Pfitzinger
(bei Seite.)

Gar keine Rücksichten nehmen die Leut'.

Frau Heiglmayer.

Mon Dieu — ja, ich hab' davon gehört. Traurig, recht traurig. Aber die Frau von Hofmann nimmt sich ja an — vielleicht zahlt sie auch den Zins?

Moosbrunner
(schnupft.)
Wie käm' ş' denn da dazu?
(Zieht sein Taschentuch, putzt sich sehr geräuschvoll die Nase.)
Uebrigens is' mir die sogenannte Frau Leibkammer= dienerin auch schon z'wieder.

Frau Heiglmayer
(interessirt.)
Sie — mir auch!

Moosbrunner.
Alle Augenblick' tragt Ein'm wer zu, was sie für ein Engel is'. Und solche engelhafte Herrschaf= ten kann i' net leiden. Das is' net natürlich. Unter die Zweibeinigen gibt's einmal keine Engeln.

Frau Heiglmayer.
Na — es wird aber auch allerlei Anderes von der Frau Leibkammerdienerin g'red't — von dem Tugendengel —

Moosbrunner.
Hab'n Sie 's auch schon g'hört?

Frau Heiglmayer.
Mon Dieu, es bleibt Einem nichts verborgen.—

Moosbrunner.
Ich hab's zuerst gar net glauben können; wie mir's aber der Herr Oberosenheizer bestätigt hat...

Pfitzinger
(ohne Ahnung, was gemeint ist)
.... daß .....

Moosbrunner
(schnupfend.)

Ja — just das. Seine erste Frau is' anno 21 g'storben und ein zweit's Mal hat er net g'heirath' — bestimmt net.

Pfitzinger.

Wem seine Frau is' anno —

Moosbrunner
(grob.)

Na wem denn seine? von wem red't man denn! 'n Herrn Leibkammerdiener seine, natürlich.

Frau Heiglmayer
(aufstehend, starr vor Staunen.)

Und ein zweites Mal hat er nicht geheirathet?

Moosbrunner
(wie oben die Nase putzend.)

Keine G'spur net.

Frau Heiglmayer.

Dann ist ja aber die sogenannte Frau Leib= kammerdienerin —

Moosbrunner.

.... die Wirthschafterin, oder die Geliebte vom Herrn Leibkammerdiener — seine Frau net, das steht fest.

Frau Heiglmayer.

Ah, da hört ....

Moosbrunner
(aufstehend.)

J' hab' 'glaubt, Sie wissen 's schon, sonst hätt'

i' nix erwähnt. Die ganze G'schicht geht mich ja schließlich nix an.

Frau Heiglmayer.

Ist die gar nicht verheirathet! Nein so 'was!

(Zu Pfitzinger.)

War ich nicht immer dagegen, daß man diese Person einladet? Da hat man jetzt die Bescheerung.

Pfitzinger.

Na, sonst is' sie ja ein ganz nettes Weiberl, sozusagen.

Frau Heiglmayer.

Ich bedank' mich für so eine Nettigkeit — fi donc! Unsere häusliche Moral —

Moosbrunner

(grob.)

Wann Ihnere häusliche Moral wegen so 'was gleich Schaden litt', dann wär' wirklich kein Schad' um sie.

Frau Heiglmayer.

Wenn man Kinder hat —

Pfitzinger

(bei Seite.)

— Die die ganze G'schicht' natürlich brühwarm erfahren müssen —

Moosbrunner.

Es is' lauter Lug und Trug und Falschheit unter die Leut'; wo man hinschaut lauter Holler, kein wahres Wort. Am Besten is' 's man scheert sich um niemand. — Na, der Zins is' vorbereit' —. freut mich. Empfehl' mich!

(Gegen die Thüre.)

Frau Heiglmayer.

Mon Dieu — Sie wollen schon fort? Man sollt' sich doch ein biß'l aussprechen —

Moosbrunner

(grob.)

Hören S' mir auf. Ich bin kein altes Weib net, verstanden. Was kümmert denn mich der ganze Krempel!

(Indem er abgeht bei Seite:)

Tratschmirl grausliche!

(Ab, indem er die Thüre hinter sich zuschlägt.)

Pfitzinger

Ein recht ein angenehmer Herr, das!

6. Scene.

Frau Heiglmayer, Pfitzinger, etwas später ein Botenjunge.

Frau Heiglmayer

(noch immer außer Fassung.)

Gar nicht verheirathet ist die gnädige Frau Leibkammerdienerin! .... Aber ich hab' immer so eine Ahnung gehabt .... Wenn einmal eine Frau in allerlei Wohnungen verkehrt, wo allerlei zweifelhafte Personen leben ....

Pfitzinger

(mit Ironie.)

Bei krante' Nähmamsells mit Kindern! Das Klampfl! das Klampfl!

(Die Hauptthüre wird ein wenig geöffnet, ein Boten=
junge steckt den Kopf herein.)

Botenjunge
(mit einem Brief.)

J' bitt': wohnt da die Frau von Hofmann?

Frau Heiglmayer.

So komm' doch ganz herein, dummer Bub'.
(Zu Pfitzinger, während der Junge schüchtern eintritt:)
Sie — ich hab' beinah' schon wieder eine Ahnung.

Pfitzinger
(zum Jungen.)

Wer hat Dich denn g'schickt?

Botenjunge.

J' bitt' a Herr hat mir den Brief 'geben, i' soll'n der Frau von Hofmann geben — aber nur ihr alleini.

Frau Heiglmayer.

Aha! n u r ihr!

Pfitzinger.

Wie schaut er denn aus der Herr? Alt? Jung? Nobel an'zogen?

Botenjunge.

Jung is' er schon — aber g'rad nobel schaut er net aus.

Frau Heiglmayer.

Und mußt' ihm eine Antwort bringen?

Botenjunge.

J' bitt' ja; er wart' d'rauf an der Eck' vom Riemergass'l, hat er g'sagt.

Pfitzinger.

So! jo! Na da geh' nur. Die Frau von Hofmann wohnt im selben Stock. Z'erst drehst Dich links.

Frau Heiglmayer
(verbessernd.)

Rechts!

Pfitzinger.

Rechts, sag' ich; dann gehst durch das kleine Gangl —

Frau Heiglmayer.

Linker Hand.

Pfitzinger.

Dann is' 's die vierte Thür.

Frau Heiglmayer.

Die dritte!

Pfitzinger.

Die vierte — nein — ja — nein doch die dritte zur linken — nein zur rechten Hand. Wirst Dich schon z'rechtfinden.

Botenjunge
(weinerlich.)

Rechter Hand — linker Hand — da soll sich Einer auskennen in so ein riesentrumm Haus! I' hab' 'glaubt, daß s' da is' die Frau von Hofmann —

Pfitzinger
(mit einer drohenden Bewegung gegen den Jungen.)

Glaubst vielleicht, ich hab' s' in einer Schublad versteckt? Schau', daß D' in Schwung kommst, Blödist! übereinander.

(Der Botenjunge eilig ab.)

Frau Heiglmayer.

Da geht etwas vor! Es geht mir so im Geist herum, als wenn wir vor einer neuen, wichtigen Entdeckung stünden.

Pfitzinger.

Wenn 'was die Frau Leibkammerdienerin angeht, geht Ihnen aber immer was im Geist herum, verehrte Quartierfrau!

(Geht an den Kleiderständer, von wo er einen Hut nimmt.)

Uebrigens schau' ich mir den an, an der Eck' vom Riemergaß'l.

Frau Heiglmayer.

Das ist eine geniale Idee. Tummeln Sie sich nur.

Pfitzinger.

Ein Raß'pferd is' nix gegen mich, wenn 's d'rauf ankommt.

(Will ab — schon an der geöffneten Thüre.)

Ah — da kommt der Herr Franz!

7. Scene.

Vorige, Franz.

(Anmerkung: Die ganze folgende Scene hindurch sind Frau Heiglmayer und Pfitzinger überaus hastig und nervös, während Franz, der natürlich nicht weiß, worum es sich den Anderen handelt, sehr redselig ist.)

Franz.

(Junger hübscher Mann in der Uniform eines Feldwebels von Deutschmeister-Grenadieren. Er hält ein Bouquet in der Hand. Lebhaft, in fröhlichster Stimmung.)

Alleruntertänigster, Frau von Heiglmayer!

— Schamster, Herr von Pfitzinger! — Wo is' die Fräul'n Anna?

Frau Heiglmayer.
Ah, ein Bouquet für den Geburtstag —
(mahnend:)
Herr von Pfitzinger! — Gleich wird meine Tochter kommen. Franz, legen S' derweil ab.

Franz.
Oho! Der Geburtstag wird mit allen militärischen Ehren, also in voller Adjustirung empfangen. So vorg'schrieben! — Frau von Heiglmayer: ich bin Ihnen mit Neuigkeiten g'laden bis zur Mündung —

Frau Heiglmayer.
Mon Dieu! Sie auch? — Herr Pfitzinger: tummeln Sie sich! — Erzählen Sie, Herr Franz.
(Mit Franz nach dem Fenster, wo sich Beide setzen; Pfitzinger stellt sich, auf die Lehne des dritten Stuhles gestützt, daneben hin.)

Pfitzinger.
Neuigkeiten kann ich unmöglich auslassen. Mein Metier beruht darauf.

Franz
(gemüthlich.)
Oh, Sie können schon dableiben: 's sind keine Geheimnisse. — Also: mit was soll ich anfangen?

Frau Heiglmayer.
Mon Dieu! Mit was Sie wollen, aber nur g'schwind.
(Halblaut zu Pfitzinger:)
Der im Riemergass'l wird nicht warten, verlassen Sie sich d'rauf!

Pfitzinger
(ebenso.)
's ist ja nur ein Sprung hin — ich geh' gleich!

Franz.
Aber was haben S' denn heut' für Heimlich=
keiten?

Frau Heiglmayer.
Pfitzinger. } Nichts! nichts!

Franz.
Ich werd' Ihnen zuerst die civilistische Neuig=
keit mittheilen — ich hab' nämlich auch noch eine
militärische
(mit einer Geste nach dem Kopf)
am Augmentationsmagazin.

Pfitzinger
(drängend.)
Zur Sache! zur Sache!

Frau Heiglmayer.
Lassen Sie sich nicht aufhalten, Herr Pfitzinger;
ich erzähl' Ihnen später Alles haarklein —

Pfitzinger.
Wegen einer Minuten is' nichts versäumt.
Vorwärts, Herr Franz.

Franz.
Also Erstens: der Onkel in St. Pölten —
wissen S', der Reiche, von dem ich Ihnen schon oft
erzählt hab' — is' einberufen worden zur großen
Armee . . . . .

Frau Heiglmayer.

Gott tröst' ihn! — Hat er Ihnen 'was vermacht?

Franz.

Das weiß i' noch net. Die Testamentseröffnung is' erst heut'; i' werd' also erst morgen erfahren, ob i' noch immer ein armer Teufel, oder ein wolhabender Mann bin.

Frau Heiglmayer
(gespannt.)

Hat er denn viel hinterlassen?

Franz.

Unbändig! — I' glaub' so gegen achtzigtausend Gulden.

Pfitzinger.

Achtzigtau—— Sie, Herr Franz, wenn alle Strick' reissen, fechten wir's Testament an. Halten S' Ihnen nur an mich. Ich bin ganz der richtige Mann für so 'was.

Franz.

Auf mich fallen ja überhaupt nur zwanzigtausend, denn wir sind vier G'schwister.

Pfitzinger.

Alles Eins! 'was schlagen wir immer 'raus.

Frau Heiglmayer.

Herr Pfitzinger — vergessen Sie nicht —

Pfitzinger
(im Eifer.)

Sekiren S' net, sonst geh' i' gar net. Eine Erbschaft in der Hand is' besser, wie ein junger Mensch im Riemergassl. — Und was is' 's denn mit der ander'n Neuigkeit, Herr Franz?

Franz.

Das is' die militärische. Ich bin nämlich avancirt!

Frau Heiglmayer.

Avancirt? Da gratulir' ich vom Herzen!

Pfitzinger.

Ich auch! — Zu was sind S' denn avancirt?

Franz.

Vom Qua= zum wirklichen Feldwebel. — Sie, das is' ein Sprung, Bomben und Granaten! — Bei uns gibt's starke Fünfziger, die's noch net so weit 'bracht haben.

(Geheimnißvoll:)

Offen g'sagt: ich hab's eigentlich auch net mir allein zu verdanken . . . . .

Frau Heiglmayer.

Wem denn sonst?

Franz.

Das is' ja das G'spaßige: ich hab' einen un= bekannten, geheimnißvollen Beschützer.

Frau Heiglmayer.

Einen Beschützer?

Pfitzinger.

Ob dieser Beschützer nicht mehr eine Beschützerin is'? Es is' nämlich statistisch nachgewiesen: in der Mehrzahl der Fälle sind die Frauenzimmer für einen Deutschmeister leichter zu erwärmen, als die Mannsleut'.

Frau Heiglmayer

(stoßt Pfitzinger leise mit dem Fuße an, was er aber nicht beachtet.)

Ah, warum nicht gar!

Franz.

Beschützer oder Beschützerin — das weiß i' net. Sicher is' nur, daß der Herr Oberst so g'wisse Andeutungen g'macht hat . . . .

Frau Heiglmayer

(höchst neugierig.)

G'wisse Andeutungen — mon Dieu!

Franz.

Wie ich Ihnen sag': Stanzl, hat er g'sagt, Er hat mehr Glück als Verstand. Aber ich gönn's Ihm. Erweis' Er sich Seiner Protektion nur würdig, dann kann's Ihm mit dem goldenen Portepee auch nicht fehlen.

Frau Heiglmayer.

„Seiner Protection" hat er gesagt?

Franz.

Buchstäblich. D'rum weiß ich ja auch net, ob ich einen Protector oder — wie heißen denn die Weibln von die Protectoren?

Frau Heiglmayer.

Protectrice.

Franz.

Oder eine Protectrice hab'.

Pfitzinger.

Ein Frauenzimmer steckt dahinter, sag' ich — und ich hab' Erfahrung in solche' Sachen.

Frau Heiglmayer

(stößt Pfitzinger neuerdings, diesmal stärker mit dem Fuße an.)

Ah, Sie mit Ihrer Erfahrung!

Pfitzinger

(ohne sie zu verstehen.)

Geben S' doch a Bißl Acht, Hochverehrteste; ich hab' ja meine Schienbeiner net g'stohlen, so zu sagen. (Zu Franz:) Besinnen S' Ihnen: haben S' denn gar keine einflußreichen Bekanntschaften?

Franz

(überlegend.)

Außer dem Herrn Leibkammerdiener —

Pfitzinger.

— und der Frau Leibkammerdienerin —! Sie, mir scheint, da haben wir schon das Krawattl von dem Geheimniß!

Frau Heiglmayer

(bei Seite.)

Einem jungen Menschen solche Flausen in den Kopf setzen! — Aber gleichschauen thät's ihr. —

(Laut.)

Uebrigens kann ich Ihnen sagen: die Frau Leib=kammerdienerin — fi donc! — von der sind schöne Sachen herausgekommen.

Pfitzinger

(sich gegen die Thüre wendend.)

Ja, erzählen Sie 's dem Herrn Franz — ich mach derweil einen Sprung in's Riemergassl.

Frau Heiglmayer.

Gott sei's gedankt! Wenn's nur nicht schon zu spät ist!

Pfitzinger.

Ich fliege!
(Eilt ab, öffnet jedoch die Thüre, kaum daß er sie hinter sich geschlossen hat, sofort wieder und steckt den schon mit dem Hut bedeckten Kopf durch den Spalt in's Zimmer.)
Aufgepaßt! G'rad' kommt das weibliche Ungeheuer aus Mährisch Trübau, sozusagen. Ich hör's schon am Gang reden. Nix kennen lassen!

(ab.)

Franz
(erstaunt.)

Meint er die Frau Leibkammerdienerin?

Frau Heiglmayer.

Ja — Sie, das ist Eine — fi donc! Lassen Sie sich nur mit der in nichts ein. Aber jetzt nur nicht das Geringste merken lassen!

Franz
(bei Seite.)

Wie ich die Frau von Heiglmayer kenn', wird's hoffentlich nicht so schlimm sein.

8. Scene.

Frau Heiglmayer, Franz, Heiglmayer, Anna, Frau Hofmann.

Frau Heiglmayer
(mit einem tiefen Knix.)

Ergebenste Dienerin — nein, die Ehr'! Ich bitte Platz zu nehmen, Frau von Hofmann.
(Führt Frau Hofmann zum großen Tisch, wo sie sich setzen.)

Frau Hofmann.

(Hübsche Frau zu Beginn der Dreißiger, einfach und geschmackvoll gekleidet; heiter, freundlich.)
Recht guten Tag, Frau von Heiglmayer!

Frau Heiglmayer.

Wie steht das werthe Befinden? Sehen recht wol aus, recht wol.

Frau Hofmann.

Ich dank' der Nachfrag'. Gottlob bin ich ja gesund und kann nicht klagen. Ich fang' freilich schon an, alt zu werden, meint mein Mann —

Frau Heiglmayer
(bei Seite.)

Ihr Mann!!

Franz.

Da beleidigt aber der Herr Leibkammerdiener die Frau Leibkammerdienerin —

Frau Hofmann
(heiter.)

Ah, der Herr Franz! Und in Parad'. So ein Deutschmeister ist halt 'was Fesches.

Frau Heiglmayer.

Ich bitt': er ist heute zum wirklichen Feldwebel avancirt. — Du, Anna! Ambros!
(Spricht mit Beiden leise.)

Frau Hofmann
(heiter lächelnd.)
Wirklich? Da gratulir' ich bestens.

Franz.
Danke gehorsamst, Frau Leibkammerdienerin!
(Bei Seite.)
Da können die alten Weiber reden, was sie wollen: sie is' ein reizendes Frauerl!

Anna
(Franz die Hand reichend.)
Meinen Glückwunsch, wirklicher Herr Feldwebel.

Franz.
Feuer einstellen, Anna! Der hohe Geburtstag gratulirt nicht — er wird angratulirt.
(Reicht ihr das Bouquet.)
Alles Liebe, Gute und Schöne, was S' Ihnen nur selber wünschen können.

Anna.
Ich dank' schön, recht schön! Das schöne Bouquet!

Franz.
Für Sie wär' die ganze Schmelz voll Blumen net zu viel.

Anna
(glücklich lachend.)
Um Gotteswillen!

Franz
(leise.)
Krieg' ich dann später ein Busserl, Annerl?

Anna
(ebenso.)

Wenn S' recht brav sind —

Franz
(wie oben.)

Annerl!

Anna
(wie oben.)

Aber Franzl — tausend für ein's!

(Sprechen leise weiter.)

Heiglmayer
(setzt sich neben Frau Hofmann, nachdem er vom Tischchen rechts die Zeitung genommen hat.)

Sehen Sie, verehrteste Frau Nachbarin: hier im Amtsblatte haben wir die Notiz.

(Blättert in der Zeitung.)

Frau Hofmann.
Von der Sie mir früher erzählt haben?

Heiglmayer.
Zu dienen.

(Noch immer blätternd.)

Wo ist sie denn? Ich habe sie zwecks leichterer Auffindung blau angestrichen .... Ah da:

(Liest:)

„Von der hohen Polizei-Oberdirection in Wien werden junge, findige Leute, welche den unten angeführten Bedingnissen zu entsprechen in der Lage sind, zum Eintritt in den Polizeidienst aufgefordert".

(Frei sprechend.)

Nun kommen ordnungsmäßig die Bedingungen, welchen zu entsprechen mein Sohn Leopold sehr wol in der Lage ist. Zum Schluße heißt es natürlich: „Söhne von Beamten sind bevorzugt".... Das wäre eine Gelegenheit für unser'n Poldl!

Frau Hofmann.
Meinen Sie? Und dafür wünschen Sie, daß ich meinen Mann interessire?

Heiglmayer.
Wenn der Herr Leibkammerdiener an maßgebender Stelle seinen gewichtigen Einfluß geltend machen wollte, wie ich submissest zu erbitten mir gestatte, so könnte es meinem Sohne gar nicht fehlen.

Frau Hofmann.
Wenn ich dienen kann, soll es gewiß gern' geschehen. Mein Mann ist freilich in letzterer Zeit etwas schwerhörig geworden, wenn ich für jemanden ein Wort einlege. Aber wenn sich eine passende Gelegenheit trifft, verwendet er sich immer wieder für meine Schützlinge.

(Lächelnd:)
Erst in den letzten Tagen habe ich einen jungen Mann seiner militärischen Bekanntschaft empfehlen lassen und heute hör' ich, daß es nicht ganz vergebens war.
(Beide sprechen leise weiter; Frau Heiglmayer, die in der Nähe gesessen hatte, steht erregt auf und kommt rasch nach vorne.)

Frau Heiglmayer
(für sich.)
Das ist eine Schamlosigkeit ohne Gleichen. Ich meine mich trifft der Schlag! — Richtig ist sie die „Protection" vom Franz. Auch mit dem will sie anbandeln — fi donc! — Aber warte, Schlange!
(Geht zu Anna.)
Anna — bring' den Kaffee.

Anna
(ab durch die Nebenthüre.)

Frau Heiglmayer
(zu Franz.)

Mir scheint, Sie setzen meiner Anna allerhand Sachen in den Kopf, Sachen —

Franz.
Ich?

Frau Heiglmayer
(scherzhaft.)

Mon Dieu — die Jugend! Das hat immer nur Liebesg'schichten im Kopf — man kann's ja auch gar nicht anders verlangen . . . . . Na, wenn Sie jetzt ein wohlhabender Mann werden, dem noch dazu eine Offiziersstellung in Aussicht steht — ich steh' Ihnen dann nicht im Weg.

Franz.
Dank' schön. Aber wissen S', ein' richtigen Deutschmeister steht überhaupt niemand im Weg — oder es gibt Feuer.

Frau Heiglmayer.
Fi donc — Sie sind ein Schlimmer!
(Macht sich an dem Tisch zu schaffen.)
Dumm sind diese Männer!

Frau Hofmann
(zu Heiglmayer.)

Wie gesagt: was ich thun kann soll gern' geschehen. Ich wünsch' nur, daß 's 'was nützt.

Anna
(mit dem Kaffeebrett.)

Ich bitt' zum Kaffee.

Frau Heiglmayer
(einladend.)

Wenn ich bitten dürft' . . . . Die Frau von Hofmann gehört natürlich auf den Ehrenplatz . . . So, bitte . . . Was machen S' denn, Franz?

Franz
(fidel.)

Ich setz' mich neben die Frau von Hofmann.

Frau Heiglmayer.

Oh, ich muß bitten: das ist dem Hausherrn sein Platz . . . . Ambros! . . . .

Heiglmayer
(setzt sich links von Frau Hofmann auf das Sopha.)

Wenn amtlich kein Hinderniß besteht . . . . .

Frau Hofmann.

Sehr erfreut!

Franz
(setzt sich auf den Stuhl rechts von Frau Hofmann.)

Dann setz' ich mich daher.

Frau Heiglmayer.

Mon Dieu — Sie stören meine ganze Sitzordnung . . . . Du setzt Dich neben 'n Franz, Anna.

Anna
(setzt sich.)

Recht gern' . . . .

Franz
(der einschänkenden Frau Heiglmayer abwehrend.)

Nein — dank' schön — Kaffee is' nix für mich. Wir Männer halten uns an's Weinl.
(Füllt sein Glas mit Wein und hält es empor.)

Hoch der Geburtstag, hoch und noch einmal hoch! Und hoch die Frau Leibkammerdienerin — hoch und . . . . .

Frau Hofmann
(einfallend.)

Wie käm' denn ich zu dieser Auszeichnung?

Franz
(vertraulich.)

Glauben S' a Deutschmeister g'spannt nix?

Frau Heiglmayer
(streng.)

Was is' da zu spannen?

Franz.

Aber, Frau von Heiglmayer — stellen S' Ihnen doch net so
(lacht.)
—Sie g'spannen 's doch auch.

Frau Hofmann.

Was denn, Herr Franz?

Franz.

Keine Schwenkungen nach der verkehrten Seiten! **Ihnen** verdank' ich's, daß ich heut wirklicher Feldwebel worden bin.

Frau Hofmann.

Mir? Was fällt Ihnen ein!

Anna.

Der Frau von Hofmann?

Frau Heiglmayer
(leise zu ihrem Mann.)

Da hat man's!

Franz.
Niemand Anderem! D'rum Hoch, dreimal Hoch!

Alle
(mit Ausnahme der Frau Heiglmayer.)
Hoch! hoch!

Frau Heiglmayer
(giftig zu Heiglmayer:)
Wie kannst Du mitschreien? fi donc!

Heiglmayer.
Theuerste Theresia . . . .

Frau Heiglmayer
(wie oben.)
Ich sag' 's ja, man sollte eine solche Person zu einem Familienfeste nicht einladen. Es thut kein gut.

Heiglmayer.
Beherrsche Dich, Theuerste!

9. Scene.

Vorige, der Botenjunge.

Botenjunge
(sieht wie vorher zur halb geöffneten Thüre herein.)
I bitt': wohnt —

Frau Heiglmayer.
Mon Dieu — schon wieder der Junge? . . . . Komm' doch herein!
(Während der Junge schüchtern eintritt.)
Er hat einen Brief für Sie, Frau von Hofmann.

Frau Hofmann.
Für mich?

Franz
(steht auf, nimmt dem Jungen den Brief ab und gibt denselben an Frau Hofmann, welche ihm entgegen=kommt.)

Frau Hofmann
(erbricht den Brief, überfliegt ihn rasch.)
Mein Himmel!

Frau Heiglmayer
(welche Frau Hofmann aufmerksam beobachtet, zu ihrem Mann.)
Da steckt etwas dahinter. Aber wir werden es erfahren! wir werden es erfahren!

Heiglmayer
(leise.)
Ich bitte Dich, theuerste....

Frau Heiglmayer
(einfallend, giftig.)
Hör' mir nur auf! — Daß die Gute gar nicht verheirathet ist, weißt Du noch nicht einmal!

Heiglmayer
(entsetzt.)
Nicht ver ——
(Sprechen leise und erregt weiter.)

Frau Hofmann
(liest den Brief noch einmal, wobei sie einzelne Stellen laut spricht.)
..... „vom Unglück verfolgt"..... „in die Heimath zurückgekehrt".... „ich beschwöre Dich, theure Mutter, führe eine Aussöhnung zwischen dem Vater und mir...."

(frei sprechend.)

Mein Stiefsohn Alexander aus Amerika zurück!

Botenjunge.

I' bitt': i' krieg ein' Antwort. Der Herr wart' am Eck' vom Riemergaßl — aber schon lang, denn i' hab' d' Madam d' längste Zeit net g'funden. . . .

Frau Hofmann

(nahe an den Jungen herantretend, ersichtlich aufge=
regt.)

Sag' dem jungen Mann . . . . dem Herrn . . . . ich . . . . er soll in meine Wohnung kom=
men . . . . ich erwarte ihn . . . .

(Gibt ihm Geld.)

Botenjunge.

Werd's ausrichten! . . . . Küss' d' Hand, Euer Gnaden!

(ab.)

Frau Hofmann.

(bei Seite.)

Was sag ich nur? Es braucht vorerst niemand zu wissen, daß Hofmann seinen Sohn verstoßen hat . . . .

(wieder zur Gesellschaft.)

Anna

(theilnehmend auf Frau Hofmann zugehend.)

Hoffentlich keine unangenehme Nachricht? Sie sehen ganz blaß aus.

Frau Hofmann.

Unangenehm? — nein, mein Kind . . . .

(stockend, wie um die Fassung ihrer Worte verlegen.)

Ein . . . . ein alter Freund . . . . von meinem

Mann, der lang im Ausland war.... jetzt ist er plötzlich zurückgekehrt und will nun seinen.... Freund, meinen Mann, überraschen.

(Gezwungen lachend.)

Dazu soll nun ich helfen.... Ich muß wol... Entschuldigen Sie mich daher und lassen Sie sich nur nicht stören.

(Küßt Anna.)

Adjes, liebes Kind, nochmals recht viel Glück.... Guten Abend! guten Abend! allseits noch recht viel Vergnügen!

(Reicht Herrn und Frau Heiglmayer die Hand, winkt Franz mit der Hand zu, dann von Heiglmayer, Anna und Franz bis zur Thüre geleitet ab.)

Frau Heiglmayer

(für sich.)

Ist das eine verlogene Person!!

(Nachdem Frau Hofmann abgegangen und die Anderen zurückkommen zu diesen.)

Ein niederträchtiges, heuchlerisches, verlogenes Frauenzimmer!

Heiglmayer

(sich erschrocken nach der Thüre umsehend.)

Mein Himmel, Theresia! Nur kein übereiltes Urtheil! Immer an der Hand der Vorerhebungen..

Frau Heiglmayer

(mit höhnischem Auflachen.)

„Ein Freund von meinem Mann"! — Dabei ist sie käsweiß worden. Natürlich! — weil der Zu=fall haben hat wollen, daß wir von ihren heimlichen Amourschaften erfahren — si donc! und noch ein=mal fi donc!

4

Anna.

Aber, Mutter, das is' wirklich zu arg. Wer wird denn gleich so 'was glauben . . . .

Frau Heiglmayer.

. . . . von eurem „guten Engel"! . . . . der in wilder Ehe lebt und sich für eine rechtschaffene Frau ausgeben möcht'.

Anna }
Franz } (zugleich:) Mutter!
Frau Heiglmayer!

Frau Heiglmayer
(triumphirend.)

Ja, ja -- der „gute Engel" . . . . In der Nachbarschaft hat man sich längst allerlei über sie zugewispert — besonders die Frauen, denn die Frauen haben für Unmoralitäten ein ungemein feines Gefühl. Und jetzt glaub' ich Alles — Alles!

Heiglmayer.

Hm, es liegen allerdings vielleicht einige belastende Indicien vor, allein . . . .

Frau Heiglmayer
(ihn anherrschend.)

Komm' mir nicht mit Deiner Beamtenweisheit — das macht mich nervös. Für jeden, der Verstand hat, ist die Sache klar wie der Tag: Sie ist ein verdorbenes Geschöpf und ihre Schlechtigkeit muß an das Licht . . . . Ha, die Geschichte mit der armen Näherin und dem kleinen Kind, um das sich s i e annimmt, kommt mir jetzt auch verdächtig vor: Wer weiß, ob es nicht etwa i h r Kind ist . . . .

Heiglmayer.
(will etwas einwenden, schweigt jedoch, da ihn seine Frau mit einem niederschmetternden Blick ansieht.)

Anna.

Ich versteh' wirklich nicht, wie man so etwas vermuthen kann.

Franz
(im Tone der Vorstellung.)

Wo doch die klein' Kinder net so überraschend in ein Haus g'schneit kommen, wie ein inspicirender General in a Kasern'.

Frau Heiglmayer.

Mon Dieu — Sie glauben, daß Sie jetzt was ganz besonders Schlaues g'sagt haben .... Ich sag' Ihnen nur: mir war's gleich verdächtig, daß sie sich gar so für den Balg interessirt hat ....

Franz
(wie oben.)

Aber es is' ja ganz unmöglich!

Frau Heiglmayer.

Und ich bin überzeugt, daß es i h r Kind ist!

10. S c e n e.

Vorige (ohne Frau Hofmann), **Pfitzinger.**

Pfitzinger

(kommt eilig herein, hängt seinen Hut an den Kleiderständer, geht dann auf den Tisch zu und setzt sich endlich auf den Platz, den vorher Heiglmayer eingenommen.)

Frau Heiglmayer.

Mon Dieu! Der Herr von Pfitzinger — ganz athemlos — ganz aufgeregt — der Herr von Pfitzinger hat Beobachtungen gemacht .....

4*

Pfitzinger.
Das hab' ich. Und wichtige!
(nachdenklich vor sich hin.)
Hm — hm!
Frau Heiglmayer
(im höchsten Grade neugierig.)
Was ist es denn?
(bei Seite.)
Ich glaub', er wär' boshaftig genug und behalt alles für sich.
Pfitzinger.
Der junge Mensch, der der Frau von Hofmann seinen Besuch angekündigt hat, sieht sehr verdächtig aus. Sehr!
Frau Heiglmayer
(triumphirend zu den Uebrigen.)
Sehr verdächtig — haha! hab' ich's nicht gleich gesagt?
Pfitzinger.
Hab' ich gesagt: „verdächtig"? — Ich meine herabgekommen, sozusagen verdächtig fadenscheinig .... Er hat sich in's Haus g'schlichen .....
Frau Heiglmayer.
G'schlichen hat er sich — da hat man's!
Anna.
Aber ich hab' ja g'hört, wie ihn die Frau von Hofmann herbestellt hat.
Heiglmayer
(Ruhe winkend.)
Man lasse den Herrn von Pfitzinger sein Referat erstatten.

Pfitzinger.
Ich bin ihm nach — er ist auf Nummer vierundzwanzig zur Frau von Hofmann . . . . . Und wissen Sie, was ich jetzt im Interesse der guten Sache, der Sittlichkeit und der öffentlichen Moral 'than hab'?

Heiglmayer.
Nun?

Pfitzinger
(wichtig.)

An der Thür' hab ich g'horcht!

Frau Heiglmayer.
Sie, das ist genial!

Anna.
Der Horcher an der Wand . . . .

Franz.
Pfui Teufel!

Frau Heiglmayer.
Was haben Sie erhorcht?

Pfitzinger.
Ja — für einen gewöhnlichen Menschen wär's nicht viel . . . .

Anna.
Aha!

Pfitzinger.
. . . . aber für mich, der zufolge seiner vielseitigen Thätigkeit darauf angewiesen ist, aus ein paar Stricheln das ganze Bild zu erkennen . . . .

Anna
(zu Franz.)

Und aus einer Mucken ein' Elephanten z' machen . . . .

Pfitzinger.

....für mich is' das, was ich g'hört hab', vollkommen hinreichend. Das Erste war nämlich —

Frau Heiglmayer.

Mon Dieu! was denn?

Pfitzinger.

Ein Kuß war's!

Franz } Ein Kuß?
Anna } (durcheinander) Geküßt haben sie sich?
Heiglmayer } Wer hätte das gedacht!

Frau Heiglmayer

(hohnlachend.)

Die Unschuld aus Mährisch Trübau holt sich die jungen Leut' von der Straße herein und bussert s' ab!

Pfitzinger.

Aber das is' noch net Alles. — Das erste Wort von ihr war: „Alexander!".... Und das hat sie in einem so g'wissen intimen Ton g'sagt.....

Frau Heiglmayer.

Das laßt sich ja denken!

Pfitzinger.

Was er g'sagt hat, hab' ich eigentlich nicht recht verstanden — denn der Kerl brummt in seinen Bart, wie ein Bär — aber das Wort „Amerika" war dabei.

Frau Heiglmayer.

Am——

Heiglmayer.

Ameri——

Franz.
Vielleicht hat er Arnika g'sagt?

Pfitzinger.
Amerika hat er g'sagt — das is' sicher.... Dann hat sie 'was g'wispelt: „Mein Mann".... „Dienst".... „erst morgen"... Viel mehr hab' ich net g'hört. Denn unglücklicherweis' kommt der Trampel, die Lisi, daher — und da war's natürlich aus.

Frau Heiglmayer
(indignirt.)
Diese Dienstboten!

Pfitzinger.
Zum Glück kommt g'rad' der Poldl über die Stiegen. Den hab' ich sofort als Avisoposten aufg'stellt: er ruft mich, wie der Verdächtige fortgeht — ich lauf ihm nach — und an der nächsten Eck' hat ihn schon ein Staberlgardist bei der Falten.

Anna.
Ja aber um Himmelswillen: warum soll denn der arme Mensch arretirt werden?

Franz.
Das möcht' ich auch wissen. Wenn Einer nix ang'stellt hat....

Frau Heiglmayer.
Ist das nichts, wenn sich Einer in die Wohnung von einem wirklichen Leibkammerdiener einschleicht? Wenn Einer die öffentliche Moral so in's Gesicht schlagt?

Pfitzinger.
Es gibt sonst auch noch 'was — aber ich darf's

nicht verrathen — nein, um keinen Preis! — Ich sag' nur so viel:
(wichtig thuend.)
aller Wahrscheinlichkeit nach handelt es sich da um einen äußerst gefährlichen Menschen.
(Nimmt die vor ihm liegende Zeitung, für sich:)
Was is' denn da eing'ranstlt?
(Liest für sich.)

Frau Heiglmayer.

Um einen sehr gefährlichen Menschen . . . . ! Und solche Leute verkehren in unserer Nachbarschaft! —Ich hab's aber immer g'sagt! Laßt's euch nicht ein, hab' ich g'sagt, mit einer Person, die so eine dunkle Vergangenheit hat. Daß s' einen Juden aus Mährisch Trübau zum Vater hat, das haben wir gewußt und das hätt' uns Allen genug sein müssen. Aber nein: wir müssen warten, bis sich herausstellt, daß sie mit Einem lebt, daß sie hinter dem seinen Rücken ein Kind hat, daß sie eine Bandlerei mit einem gefährlichen Menschen . . . .

Franz.

Aber, mir scheint, das sind Alles nur Vermuthungen!

Frau Heiglmayer.

Für alle, die an eine Tischeck' nicht glauben wollen, bis sie sich nicht ein' Düpl d'ran gestoßen haben freilich. Für alle Anderen aber sind das ausgemachte Sachen.

Heiglmayer.

Hm, ich muß sagen: Einiges Bedenkliche liegt vor .
(bei Seite.)
Vielleicht könnte sich der Poldl mit diesem Fall seine Sporen bei der Polizei verdienen!

Pfitzinger
(für sich, während die Andern leise miteinander sprechen.)
Himmellaudonelement! Etwa könnt' man mit der G'schicht' eine Stellung bei der Polizei kriegen! Das war ja immer mein Ideal!
(steht auf.)
Wenn mir nur der Poldl, der Patsch, ordentlich aufpaßt! — Ich werd' doch lieber selber . . . .

Frau Heiglmayer
(ist inzwischen an's Fenster gegangen, nachdem sie einige Secunden angestrengt hinausgesehen, schreit sie auf:)
Mon Dieu!

Alle
(durcheinander.)
Was gibt's schon wieder? Was ist los?

Frau Heiglmayer
(schwach.)
Ich glaub', ich krieg' meine Zuständ'! Der Poldl . . . .
(öffnet das Fenster, ruft hinaus:)
Poldl! Pol—dl! Mon Dieu! Komm' doch herauf! . .
(schließt das Fenster.)
Ich bin eine unglückliche Mutter! Treibt sich der dumme Bub' im Hof herum mit einer Zigar' im Mund . . . .

Pfitzinger
(sehr aufgeregt.)
Anstatt, daß er vor der Frau von Hofmann ihrer Thür steht? — Ich könnt' den Mistbuben derwürgen!
(bei Seite.)
Jetzt kann ich mir den Kerl aus viermalhunderttausend Wienern herausklauben!

11. Scene.

Vorige, Poldl.

Poldl
(gleichmüthig eintretend.)
Was schafft denn die Frau Mutter?

Frau Heiglmayer.
Unglückskind! Warum bist' denn nicht vor der Thür von der Frau von Hofmann stehen 'blieben?

Poldl.
Es is' mir z' fad 'word'n.

Pfitzinger.
Pemstl! Hab' i' Dir net g'sagt, Du sollst aufpassen wie ein Hastelmacher?

Poldl.
'S nächste Mal werd' i' G'wehraus schrei'n, wann beim Herrn Leibkammerdiener wer ein- oder ausgeht.

Pfitzinger
(während er rasch seinen Hut holt.)
Derwürgen könnt' i' den Gimpel!
(stürzt ab.)

Frau Heiglmayer.
Poldl, warum hast Du mir das angethan!
(Ganz gebrochen.)
So schöne Neuigkeiten hätt' ich der Frau Rechnungs= revidentin bringen können....
(Ab durch die Nebenthür.)

Heiglmayer
(Poldl an der Hand nehmend.)
Mein Sohn, Du weißt nicht, daß die in Verhandlung stehende Angelegenheit unter Umständen von höchster Bedeutung für Deine Zukunft . . . .

Poldl.
Geh'n S', Vater, lassen S' mich aus mit die Titscherien! J' mein', es wär' 's G'scheideste, es thät sich Jeder um seine eigenen Sachen kümmern — net um die von der Frau von Hofmann. J' will nix z' thun haben mit dem ganzen Tratsch; i' bin a Mann.

Heiglmayer.
Gegen diese Auffassung wäre amtlich nichts einzuwenden, allein . . . .

(Geht während der letzten Worte mit Poldl, der ihm widerwillig folgt, durch die Nebenthüre ab.)

12. Scene.

(Das Licht des aufgehenden Mondes fällt während dieser Scene immer leuchtender in das Gemach.)

Anna, Franz.

Anna
(seufzend.)
Die Mutter is' sonst eine gute Frau . . . .

Franz.
Nur die Frau von Hofmann hat j' am Zug . . .

Anna.
Weil die bösen Mäuler von der ganzen Nachbarschaft gegen die Frau in Bewegung sind. Und sie is' so lieb und herzensgut!

Franz.
Daß sich die Menschen gar net vertragen können!

Anna.
Ja, mein lieber Franzl, da drüber zerbrechen sich noch ganz and're Leut' als wir arme Hascherln die Köpf. Eins mag das Andere net. Und 's Schönste, was 's gibt auf der Welt, is' doch die Lieb'!

Franz.
Ein Feldmarschall könnt' net g'scheidter reden, wie meine Annerl!
(Küßt sie.)

Anna.
Du Schlankel! so hab' i's eigentlich net g'meint!
(Beide gehen mit verschlungenen Armen an das Fenster.)
Da schau', wie schön der Mond aufgeht—das bedeut' Glück!
(Stößt mit der freien Hand das Fenster auf; ferne Musik.)
Drüben spielt der Lanner mit seiner Kapellen —

Franz.
Mein Lieblingslied!

Anna
(singt, Franz fällt nach einigen Takten ein.)
Und leucht' der Mond auch noch so schön am Himmel
A Wölkerl braucht's und aus is' 's mit der Pracht:
Wo just die Welt im Silberglanz hat g'schimmert
Liegt jetzten ringsherum pechschwarze Nacht.
Doch drob'n der gute Himmelvater
Verjagt die trüben Schatten bald
Und dann glänzt friedlich, so wie früher,
Der Mondenschein auf Feld und Wald.

Es wird das Menschenherz, als wie der Mondschein,
Getrübt von dunklen Wolken mancherlei —
Und oft schaut's aus' als wär's für ew'ge Zeiten
Mit aller Menschenlieb' bei uns vorbei. —
Doch zieh'n auch solche Wolken weiter
Und sind's auch noch so schwer und dicht —
Und eh' man's denkt lacht wied'rum nieder
Vom Himmel her a freundlich's Licht.

(Sie umarmen und küssen sich; der Vorhang fällt.)

II. Aufzug.

Wohnzimmer bei Hofmann. Die ganze Einrichtung trägt den Charakter solider, bürgerlicher Wolhabenheit. Im Hintergrunde Eingangsthüre; links davon zwei Fenster. Rechte Seitenwand rückwärts eine hohe zweiflügelige Thür; an der linken Seitenwand eine sogenannte Tapetenthüre. An der rechten Seitenwand vorne eine Nische, in derselben auf einer Estrade ein Tischchen mit Nähgeräthschaften und ein weiter Lehnstuhl. In der linken Ecke rückwärts ein Spiegel, davor ein Consoltisch mit der Büste des Kaisers Franz. Das übrige Meublement — durchaus im Wiener Congreßstyl — in beliebiger Anordnung.

1. Scene.

Lisi.

(Beim Aufziehen des Vorhanges lebhafte Marschmusik, welche sich allmählig entfernt. Lisi, mit einem Staubtuche in der einen, einem Staubbesen in der anderen Hand, steht an dem geschlossenen Fenster und sieht eifrig hinaus.)

Lisi.

Das Militär! .... Nein, wie das fesch is' — schon net zum Sagen!

(Trällert ein paar Takte des Marsches mit, wobei sie den Staubbesen wie einen Säbel schwenkt; dann:)

Der Herr Franz war aber net dabei — schad!

(wendet sich gegen den Zuschauerraum; in diesem Augenblicke läutet es, ohne daß sie es hörte.)

Was das auch für ein fescher Mensch is' — rein zum Verlieben.

(Seufzend.)

Solche Leut' sieht man halt 's ganze Jahr net bei der

Madam' Hofmann. Dafür kommen aber so verdächtige G'stalten, wie

(mit einer Handbewegung gegen die Thüre links)
der da drinnen, der sich gestern Abends bei der Madam' zu Gast g'laden hat und der so ausschaut, als hätt' er sein gewöhnlich's Standquartier unter der Schlagbrucken.....

(mit einem Achselzucken.)
A Freund soll's sein vom gnädigen Herrn!

(Es läutet stärker.)
Heiland! die Madam'.... Und noch net amal mit 'm Abstauben bin i' fertig!

(Sie öffnet.)

2. Scene.

Lisi, Frau Hofmann.

Frau Hofmann
(in einfacher Ausgeh=Toilette, ein Körbchen am Arm.)
Noch nicht ausgeschlafen, Jungfer? Die alte G'schichte: wenn die Katz' aus 'm Haus ist, tanzen die Mäus'!

Lisi.
Mein Gott! hat etwa die Madam' warten müssen?

Frau Hofmann.
Beinah' könnt' man so sagen.

Lisi
(verschämt.)
Es is' halt g'rad die Militärmusik von die Deutschmeister vorüber — und da hört man's Läuten so schlecht!

Frau Hofmann
(lächelnd.)

Die Deutschmeister! Na, da is' 's freilich kein Wunder, daß die Frau vor der Thür warten muß.

Lisi.

Madam'!

Frau Hofmann.

Pst! pst! — Das soll kein Vorwurf sein. Jung sein heißt froh sein. Wer sollt' denn sonst lustig, froh und
(leicht mit dem Finger drohend)
ein bißl verliebt sein, wenn nicht das junge Blut. Wenn man älter wird vergeht die Freud', als hätt' s' der Wind weggeblasen.
(Stellt seufzend das Körbchen auf das Tischchen rechts und läßt sich in den Lehnstuhl fallen.)
Ich bin müd'.

Lisi
(besorgt.)

Daß auch die Madam' so die ganze Nacht bei einer Todten bleiben mag —
(schüttelt sich)
i' möcht' mich fürchten.

Frau Hofmann.

Vor einer Todten? — Die Todten thun Einem nichts. Der Tod macht die Boshaftigsten sanft. Es ist g'rad, als hätt' der liebe Herrgott selber so ein Menschenkind auf's Maul g'schlagen und g'sagt: „Sei still und laß' jetzt einmal mich Dich fragen, ob denn Du allweil' den Weg gegangen bist, der recht und gut ist".

Lisi.

Kann schon sein, Madam' — aber

(schüttelt sich.)

die Lebendigen, und wenn s' noch so schlimm sein', sein' mir doch noch immer lieber als die bravsten Todten.

Frau Hofmann.

So denkt die Jugend — und das ist ein Glück.

Lisi.

Wenn man die Madam' reden hört, könnt' man g'rad' glauben, sie wär' schon im Sechzigsten.

Frau Hofmann.

Wenn 's nur die Jahr' wär'n, die den Menschen alt machen! — Na, lassen wir das —

(Kleine Pause; Frau Hofmann erhebt sich müde.)

Was macht denn unser Gast?

Lisi.

Oh, der schlaft noch wie ein Küniglhas'. — Wenn Einer net einmal von einer Musikbanda munter wird!

Frau Hofmann.

(lächelnd.)

Dir könnt' so 'was natürlich nicht passiren.

(Wieder ernst.)

Lass' ihn nur ruhig schlafen. Er hat schwere Zeiten hinter sich.

(Nimmt ihr Körbchen vom Tische auf.)

Ich geh' jetzt wieder. Heut' Nachmittag wird das arme Weib begraben und da gibt's noch allerhand zu thun.

Lisi.
Die Madam' is' auch gar zu gut!

Frau Hofmann.
Wird's denn nicht da oben einmal mit Zins und Zinseszins zurückbezahlt, was man da herunt' an seinen Nebenmenschen thut?

Lisi.
Da oben?

Frau Hofmann.
Sie zweifelt doch wol nicht am Jenseits, die Jungfer — he? Oder ist sie auch schon von den neumodischen Ideen —

Lisi
(ein Kreuz schlagend.)
Gott soll Ein' vor so einer Sünd' bewahren!

Frau Hofmann
(gütig.)
Unser Herrgott lohnt eine jede Gutthat — und wär's auch nur, indem er Einem dafür so ein warmes, wohliges Gefühl in die Brust setzt, daß man laut hinausjubeln möcht' vor Freud', weil man seine Menschenpflicht erfüllt hat. — Na, in einer halben Stund' bin ich wieder da; bis dahin ist wol auch der Musjö da drinnen munter.

(Ab.)

3. Scene.

Lisi, später Moosbrunner.

Lisi
(der Abgehenden mit gefalteten Händen nachsehend.)
Die hat ein Herz von purem Gold! Und d'rum

kann ich auch net glauben, was j' im Haus über sie z'sammtratschen..... Manchmal freilich meint man schon, daß sich die Leut' das Alles doch net so aus 'm Finger zuzeln können.

(Es wird geklopft.)
Wer kommt denn schon wieder? — Herein!

Moosbrunner
(gekleidet wie im ersten Aufzug.)

Lisi
(bei Seite.)

Jessas, der Z'widerling!
(laut.)
Guten Morgen, Herr von Mosbrunner!

Moosbrunner.

'n Morgen! Is' die Gnädige z' Haus?

Lisi.

Die Madam' is' aus'gangen.

Moosbrunner.

So? — Na, sagt Sie's der Gnädigen halt, daß i' da war.

Lisi.

Werd's ausrichten. — Wegen 'm Zins, net wahr?

Moosbrunner.

Wegen dem auch — natürlich. Aber eigentlich .... Sie is' ja wol die Vertraute von der Madam'?

Lisi
(eifrig.)

Ja — die Madam' hat gar keine Geheimniß' vor mir.

5*

Moosbrunner.

Das hab' i' mir 'denkt. Die Weiber müssen immer ein' Vertrauten haben und wenn's der Mann net sein kann, nachher is' 's halt 's Dienstmadl. — Sagt Sie also der Madam', daß das net so weiter gehen kann.

Lisi.

Net so . . . . ja, was denn, Herr von Mos=
brunner?

Moosbrunner.

Thu' Sie nur net so scheinheilig. Lauter Hol=
ler! Sie weiß ganz gut, was für G'schichten in der Nachbarschaft von der Madam' erzählt werden. Die Leut' lügen und übertreiben, weil s' gar net Anders können — aber ein Feuer is' halt doch immer, wo ein Rauchen is' und i' mag net, daß 's in mein' Haus brandelt. Verstanden.

Lisi.

I' weiß wirkli' net —

Moosbrunner.

Die Madam' is' mir ganz gleichgiltig — grad so, wie die Leut', die über sie tuscheln und mit die Finger nach ihr zeigen, wenn s' den Rücken kehrt; wahrscheinlich is' das G'sindel net um ein' Groschen besser. Aber wenn 's so fort geht, wird nächstens die Polizei die Nasen 'neinstecken und daß die Polizei in mein' Haus umschnüfelt, das kann i' net brau=
chen. — Sagt Sie das der Madam'!

(Ab, indem er die Thüre heftig hinter sich zuwirft.)

Lisi

(ihm erschrocken nachsehend.)

Die Polizei! — Um Himmelschristiwillen —

da könnt' man ja in aller Unschuld in eine graus=
liche G'schicht' 'neinkommen. J' sag's ja: bei die
Tratschereien kommt nie nix G'scheidtes 'raus.

4. Scene.

Lisi, Franz.

(Die Thüre öffnet sich halb. In derselben erscheint
zuerst ein riesiges Bouquet, sodann die Gestalt von
Franz. Lisi erschrickt heftig und stößt einen Angstruf
aus. Da sie Franz erkennt, athmet sie erleichtert auf.)

Lisi.

Der Herr Franz! — Nein, wie i' erschrocken
bin!

Franz.

Erschrocken? Vor mir? Komm' i' Ihr denn gar
so schrecklich vor? Merk' sich die Jungfer: Im Krieg
is' ein Deutschmeister freilich 'was fürchterliches,
denn wo er hinhaut, da wachst kein Gras mehr. Im
Frieden aber fressen von dem Regiment Stabs=
und Oberoffiziere und die Mannschaft vom Feld=
webel abwärts aus der Hand.

Lisi.

Vor 'm Herrn Franz bin i' auch gar net er=
schrocken. Aber
(zögernd)
der Hausherr war da . . . .

Franz.

Ich hab' den Grantian auf der Stiegen begegn't.

Lisi
(schnell.)

Hat er etwa den Herrn Franz da hereingehen
g'sehen?

Franz.

Glaubt die Jungfer, daß ich mich nach solche' ausrangirte Menschen umschau'?

Lisi
(ängstlich.)

Wenn er nämlich 'n Herrn Franz hereingeh'n g'sehn hat, is' 's ein Uebel.

Franz.

Ich glaub' bei Ihr is' 's auch im Bosesenkammerl net ganz richtig. Wie kann denn das ein Uebel sein, wenn wer ein' ehrlichen Kerl irgendwo bei einer Thür' hereingehen sieht?

Lisi.

Der Herr Franz weiß halt net . . . . Sieht der Herr Franz: die Madam' is' gar net z' Haus. .

Franz
(einfallend.)

Sie is' net z' Haus?

(Legt das Bouquet auf einen Stuhl.)

Lisi.

Nein, die Madam' is' fort'gangen. — Aber trotzdem — wenn die Leut' im Haus' erfahren, daß der Herr Feldwebel in aller Früh' . . . .

Franz.

Jetzt is' 's Neune!

Lisi

. . . . und mit ein' Bouquet!

Franz.

Gar dumm! — Darf man der Madam' net seine Dankbarkeit bezeugen?

Lisi.

Ein' ordentliche Tratschen find't für Alles die schlechteste Auslegung.

Franz.

Und in **dem** Haus gibt's sehr ordentliche! Ja, Lisi, da und dort wär' eine Bank und ein Korporal mit ein' festen Haslinger daneben ein wahrer Segen für die Menschheit.

Lisi

(mit Ueberzeugung.)

Um ein' jeden Hieb, der daneben geht, könnt' man weinen . . . . Denkt sich der Herr Franz: sogar die Polizei wird schon auf uns aufmerksam!— I' werd' doch lieber zusperren . . . .

(Dreht rasch den Schlüssel zweimal im Schloß.)

Franz.

Die Polizei?

Lisi.

Das is' 's ja eben! Der Hausherr hat so quisi=quasi daherg'red't . . . .

Franz.

Der Hausherr? So quisi=quasi—?

(Es wird geläutet.)

Lisi.

(erschrickt heftig.)

Heilige Zeit!

Franz.

Fallt Sie nur net in die Fraiß' — es wird halt die Madam' sein —

Lisi.

Kein D'randenken. Die Madam' kann noch net z'ruck sein . . . .
(Faßt einen Entschluß.)
Geht der Herr Franz nur ein' Augenblick in der Madam' ihr Zimmer . . . .
(Sie eilt nach der Thüre rechts, die verschlossen ist.)
Oha — da is' zug'sperrt: die Madam' hat 'n Schlüssel mitg'nommen.
(Eilt nach links.)

Franz.

Was fallt der Jungfer ein? Ein Deutschmeister verkriecht sich vor Niemand.

Lisi
(an der Thüre links, dringend.)
Thut's der Herr Franz der Madam' z' lieb.
(Stärkeres Läuten.)
G'schwind! g'schwind!

Franz.

Der Madam' thu' ich recht gern ein' G'fallen . . . . ich weiß nur net . . . .
(Von Lisi halb geschoben ab durch die Thür links worauf Lisi die Hauptthüre öffnet.)

5. Scene.

Lisi, Pfitzinger.

Pfitzinger.

Guten Morgen, schönste Jungfer Lisi! — Die Gnädige hoffentlich schon aus den Federn?

Lisi.

Die Madam' is' schon fort'gangen.

Pfitzinger.

So zeitlich?
(Während er seinen Hut wegstellt für sich:)
Das trifft sich ja prächtig. —
(Laut.)
Wo geht denn die Madam' in aller Herrgottsfrüh' hin?

Lisi
(schnippisch.)

Vielleicht Grasmucken fangen am Stefansplatz, oder Grillenkitzeln unter die Tuchlauben oder . . . .

Pfitzinger
(einfallend.)

Immer gut aufg'legt, die Jungfer Lisi; — ein reizender Käfer!
(faßt ihr unter das Kinn; sie schlägt ihn leicht auf die Hand.)

Lisi.

Reizend bin i' g'rad net — aber Käfer schon gar keiner!

Pfitzinger.

Wie wär's denn mit ein' Marienkäferl, Holdeste? — Wenn Sie mir ein Bußl gibt, laß ich Sie augenblicklich zum Marienkäferl avanciren.
(Er legt den Arm um ihre Taille, sie sucht sich loszumachen.)

Lisi
(halb geärgert, halb lachend.)

Die Mutter hat zu uns Mädeln immer g'sagt, von ein' Bußl kriegt man ein' Schnurrbart.

Pfitzinger.

Von ein' Bußl? — Wie man eine gute Sach' so verläumden kann! — Wenn das wahr wär', gäb's in ganz Wien kein halbwegs nettes Larverl mehr ohne Schnurrbart. Und gar ein G'sichterl wie das von der Jungfer Lisi — das müßt' ja schon längst ein' Schnauzer haben, als wie ein Liechtenstein=Husar, sozusagen. — Lassen wir's d'rauf ankommen, daß man endlich erfahrt, was Wahres d'ran is'.

(Er küßt sie trotz ihres Sträubens.)

Lisi

(von ihm wegeilend und sich mit dem Schürzenzipfel den Mund wischend.)

Nein so eine Keckheit!

Pfitzinger.

Ja, wenn man net manchmal keck wär' wie ein Straßenspatz, man käm' rein zu gar nix. — Sag' einmal die Jungfer: von wem is' denn das Bouquet da?

Lisi.

Was geht das den Herrn an?

Pfitzinger.

J' bin auf der Such' nach Neuigkeiten, damit ich die arme Madam' Heiglmayer auf andere Gedanken bring'. Die is' nämlich springgiftig, sozusagen, weil s' heut' erfahren hat, daß der Erbonkel von der Anna ihrem Zukünftigen sein Gerstl einer Kirchen vermacht hat, so daß der Herr Franz ein armer Schlucker is' und bleibt. — Aber warum schaut denn die Jungfer immer nach der Thür da?

Lisi.

J' schau' nach der Thür'? — net amal einfallen thut's mir!

Pfitzinger.
G'rad' wieder! — Da steckt 'was dahinter.
(Macht eine Bewegung gegen die Thüre links.)

Lisi
(hält ihn rasch zurück.)
J' glaub' der Herr wär' wirkli' so indischkret!— In einer fremden Wohnung—!

Pfitzinger
(bei Seite.)
Es steckt entschieden 'was dahinter!
(Spielt den Eifersüchtigen.)
Hört die Jungfer — sie zerreißt mir das Herz! — Ich möcht' wetten, sie hat ihren Amanten da drinnen versteckt — ich muß ihn kennen lernen.
(Will gegen die Thüre.)

Lisi
(ihn zurückhaltend, ängstlich und verlegen.)
Was fällt dem Herrn ein!

Pfitzinger.
Um jeden Preis!
(Wie oben.)

Lisi
(ihn zurückhaltend.)
Red' der Herr doch kein' Unsinn. Niemand is' drinnen, als ein Freund vom Herrn von Hofmann—

Pfitzinger
(mit gespanntestem Interesse.)
Etwan der, der gestern Abends auf Besuch zur Madam' . . . .

Lisi.
Ja, ja, der Nämliche!

Pfitzinger
(starr vor Staunen.)
Der is' da drinnen?

Lisi.
Und schlaft! Schreit der Herr net so, sonst wacht er auf.

Pfitzinger.
Und da laßt Sie mich so lang' herumreden!
(In bestimmtem Tone.)
Hör' Sie, Lisi, geh' Sie gleich hinunter zum Stubenthor und hol' Sie zwei Mann von der Wach' herauf.

Lisi
(entsetzt.)
Von der Wach'? Ja wa—

Pfitzinger.
Frag' Sie nicht lang', sondern thu' Sie, was ich Ihr sag', oder ich steh' Ihr gut, daß Sie in die Suppen kommt. —
(Die Thüre links öffnet sich, Franz erscheint in derselben.)
Halloh — was is' das!

6. Scene.
Vorige, Franz.

Franz
Ich hab', ohne daß ich's wollen hätt', Alles mit ang'hört.—

Pfitzinger

(von Einem zur Anderen sehend.)

Was soll das heißen? — Wo is' der Andere?

Franz.

Was für ein Anderer?

Pfitzinger.

Ah, ich versteh'! Der Herr Franz möcht' dem Andern durchhelfen! — Wissen Sie auch, wer und was dieser Andere is'? Ich, werd's Ihnen sagen:
(mit Betonung.)
Er is' ein aus dem Gefängniß entsprungener Staatsverbrecher, ein Hochverräther, auf dessen Kopf ein Preis g'setzt is'.

Franz

(fährt zuerst betroffen zurück; sieht dann Lisi bedeutungsvoll an.)

Und dem man bei schwerer Straf' keinen Unterstand geben darf!

Lisi.

Hilf, Himmel!

Pfitzinger

So ist es.
(Zieht ein Papier hervor.)
Da is' der Steckbrief. — Zweihundert Gulden Belohnung.

Franz.

Und natürlich möchten Sie den Menschen verhaften lassen, wenn S' wüßten, wo er sich aufhalt?

Pfitzinger.

Aber selbstverständlich. Das is' ja sozusagen meine staatsbürgerliche Pflicht. Bedenken S' nur, Herr Feldwebel: ein Hochverräther!

Franz.
Und zweihundert Gulden Kopfgeld!

Pfitzinger.
Ja, das is' net zu verachten.

Franz
(indem er Lisi einen Wink gibt.)
Schad', daß er net da is'.

Pfitzinger.
Wie? er is' net da? — Die Jungfer hat aber doch g'sagt . . . .

Franz.
Die Jungfer hat Ihnen ein' Bären auf'bunden — Was, Lisi? —
(Lisi kann vor Angst kein Wort hervorbringen, sie nickt nur heftig mit dem Kopf.)

Pfitzinger.
Und dasselbe versuchen Sie
(zu Franz)
jetzt bei mir. Es wird Ihnen net gelingen. Der Mensch is' da.

7. Scene.

Vorige, Frau Heiglmayer, Anna.

(Frau Heiglmayer, gefolgt von Anna, welche auf einem Kaffeebrett die von Frau Hofmann entliehenen Gegenstände trägt, tritt ein. Als sie Franz und Pfitzinger gewahr wird, bleibt sie einen Augenblick erstaunt in der Thüre stehen. Anna sieht ihr neugierig über die Schultern. Frau Heiglmayer tritt sodann in's Zimmer, während sie zu sprechen beginnt, stellt Anna das Kaffeebrett bei Seite und begibt sich zu Franz.

Inzwischen ist Lisi zur Thüre links geeilt, hat dieselbe unbemerkt von den Uebrigen versperrt und den Schlüssel zu sich gesteckt.)

Frau Heiglmayer.

Mon Dieu! was geht denn da vor?

Pfitzinger.

Allerhand um ein' Groschen, verehrte Quartierfrau.

Frau Heiglmayer

(mit einem unfreundlichen Blick auf Franz.)

Und was macht der Herr Franz da?

Pfitzinger.

Der Herr Feldwebel? — Oh, der macht die Mauer für ein' verdächtigen Menschen, der sich in der Wohnung vom Herrn Leibkammerdiener versteckt hat.

Franz

(will sich auf Pfitzinger stürzen. Anna fällt ihm in den Arm und hält ihn zurück.)

Spion!

Frau Heiglmayer

(zu Anna streng.)

Du kommst zu mir!

(Anna tritt zögernd näher an ihre Mutter heran, ohne jedoch die Hand von Franz freizugeben.)

Vom Herrn Franz hört man aber schöne Sachen. Der Onkel in St. Pölten wird wahrscheinlich auch gewußt haben, warum er ihn enterbt hat.

(zu Pfitzinger.)

Was ist das mit dem verdächtigen Menschen?

Pfitzinger.

Das kann ich Ihnen jetzt net lang und breit erzählen. Ich behaupte, daß sich in dem Zimmer dort ein steckbrieflich verfolgter Mensch aufhalt; der Herr Franz, der auch in dem Zimmer war . . .

Frau Heiglmayer.

Mon Dieu! Was muß ich hören — der Herr Franz . . . .

Pfitzinger.

. . . . war auch drinnen, und behauptet, daß niemand sonst dorten is'.

Franz
(zu Anna, heimlich.)

Keine Angst, Annerl — es wird sich Alles aufklären. Jetzt heißt's, womöglich der Frau von Hofmann aus der Verlegenheit helfen.
(Laut.)
Ja, ich war freilich in dem Zimmer — d'rum weiß i' ja, daß sonst niemand d'rinn' ist.

Pfitzinger.

Das kennen wir. Ich will mich überzeugen.
(Will zur Thüre, Franz hält ihn zurück.)

Franz.

Net unterstehen! Spionirt wird da net.

Frau Heiglmayer
(hat sich hinter dem Rücken von Franz zur Thüre begeben, will öffnen.)

Ha — versperrt! . . . . Polizei! Polizei!

Pfitzinger.

Ich hol' die Revierwach'!

(Ab.)

Frau Heiglmayer.

Jetzt wird's endlich an den Tag kommen, wie's in diesem neuen Sodom zugeht. Ich hol' meinen Mann. Immer gut, wenn eine Gerichtsperson bei so etwas zugegen ist. —

(Schnell ab.)

Franz

(zu Anna, welche ihr folgt.)

Glaub' nur nix Schlimm's von mir . . . .

Anna.

Nein, Franzl, i' trau' Dir schon, aber . . . .

(Beide im Gespräch ab.)

Lisi.

Jetzt muß er fort, oder aus is' 's! — Der Schlüssel zur rückwärtigen Thür muß im Zimmer unter der Stehuhr liegen . . . .

(Hat währenddem die Thüre aufgesperrt und tritt eilig in den Nebenraum. Man hört sie noch rufen:)
Sie haben o' Madam' in eine schöne Verlegenheit 'bracht:

(Die Bühne bleibt kurze Zeit leer.)

8. Scene.

Frau Hofmann, Moosbrunner

(treten im Gespräch auf.)

Frau Hofmann.

Also Ihre Tochter . . . .

Moosbrunner.

I' hab' der Madam' schon g'sagt: i' hab' keine Tochter mehr.

(Mit Wehmuth.)

Einmal freilich . . . .

(Wieder im alten Ton.)

Seit zwanzig Jahr' steh' i' alleini' in der Welt: kein Weib, kein Kind, kein' Freund.

Frau Hofmann.

Alter Herr! alter Herr! Hätten Sie Ihrer Tochter vergeben, wie's Christenpflicht war, so wären Sie nicht zum Menschenfeind 'worden und Ihre Tochter wär' nicht in Elend und Noth . . . .

Moosbrunner

(unterbricht sie zornig auffahrend.)

In Elend und Noth! — Der Mann mit dem sie in stockfinst'rer Nacht, ein Kind unter'm Herzen, fort is' aus'm Vaterhaus, war reich — und er hat sie g'heirath'.

Frau Hofmann.

Er w a r reich; nicht mehr, wie er fern von der Heimath g'storben is'. — Sein Weib hat freilich den Schlag nicht lang' überlebt . . . .

Moosbrunner.

So is' sie todt?

Frau Hofmann.

Seit drei Jahren.

Moosbrunner

(erschüttert.)

Gott schenk' ihr die ewige Ruh'.

(Kleine Pause.)

Frau Hofmann.

Das Kind von ihr . . . .

Moosbrunner
(finster.)

.... das kann nix für die Sünden der Eltern. I' nimm's zu mir.

Frau Hofmann.

Zu spät, alter Mann. Auch Ihr Enkelkind ist nicht mehr. — Aber auf die Todte können Sie noch einen Blick werfen, denn sie liegt in einer Kammer im Haus von ihrem harten Großvater aufgebahrt.

Moosbrunner
(erst allmählig verstehend.)

Die Näherin ....

Frau Hofmann
(nickt.)

Ja, die Näherin! Das arme Weib, das zu Grund 'gangen ist, weil's nicht genug Brot gehabt hat für sich und ihr Kind, — das war das einzige Enkelkind vom reichen Sebastian Moosbrunner.

Moosbrunner
(erschüttert.)

Herr, vergib uns uns're ....

Frau Hofmann.

.... uns're Schulden,
(mit Betonung)
wie auch wir vergeben unser'n Schuldigern.

Moosbrunner
(in Schmerz ausbrechend.)

Wenn die Madam' wüßt', was mir mein Kind war und was i' g'litten hab' all' die Jahr' her! 's beste Herz müßt verkümmern unter solche' Schmerzen.

Frau Hofmann.

Irrgeh'n thut ein jeder Mensch auf seiner Lebenswanderung.
(Mit Beziehung.)
Und wenn er auf den Stolz und den Trotz hört, die sich
(auf die Brust weisend)
da drinnen manchmal regen, dann gar. . . .
Weisen Sie halt der Welt an Ihrem Großenkel, daß der Sebastian Moosbrunner g'rad' so gut ein Herz hat, wie ein jeder And're auch, wenn's auch ein halbes Menschenalter hindurch net darnach ausg'schaut hat.

Moosbrunner

(schnupft und putzt sich dann, um seine Rührung zu verbergen, sehr geräuschvoll die Nase; dazwischen hin:)
Das will i', Madam', das will i' . . . . Sö soll'n Ihnen über'n Sebastian Moosbrunner net mehr z' beklagen haben. . . . Und wann's der Madam' recht wär', ... so gingen wir jetzt. . .

Frau Hofmann.

Einen Kranz auf den Sarg von der Armen legen! Ja, das wollen wir. — Zuvor will ich Ihnen nur noch die Papiere übergeben, die ich bei ihr gefunden hab'. Kommen Sie!
(Oeffnet die große Thüre rechts und geht durch dieselbe ab. Moosbrunner folgt ihr mit wankenden Knien, sich mit seinem großen Taschentuch die Augen trocknend. In dem Augenblicke, da sich die Thüre wieder schließt, tritt Lisi von links auf. Sie ist augenscheinlich sehr aufgeregt und ruft mehrmals „Madam!" wird aber von Frau Hofmann nicht mehr gehört.)

9. Scene.

Lisi
(mit gerungenen Händen.)

Mein Gott! mein Gott! — Die arme Madam' —jetzt hilft nix mehr, jetzt wachst f' mit der Polizei z'samm'. Und sie hat noch gar keine Ahnung von dem Unglück! . . . . Mit Müh' und Noth hab i' den . . . . den Ding

(mit einer Bewegung nach links)

endlich dazu 'bracht, daß er sich aus 'm Staub macht hinten herum durch den Hofausgang — und kaum is' er unten, muß der Teuxel den Pfitzinger mit der Polizei daherführen . . . . In der nächsten Sekunden haben s' ihn beim Zwifakel g'habt . . . . . Er meint freilich, er is' unschuldig, der Arme, aber g'henkt is' bald wer . . . . Und die Madam'! . . . Das Unglück! . . . . das Unglück!

10. Scene.

Lisi, Pfitzinger, Heiglmayer, Frau Heiglmayer, Anna, Franz, Nachbarn, Nachbarinnen.

(Alle drängen sehr aufgeregt zum Theile bestürzt in das Zimmer.)

Heiglmayer
(noch in der Thüre.)

Ein sehr bedenklicher, ein kritischer, ja so recht eigentlich ein hochnothpeinlicher Fall . . . . hm! . . . . Das Zimmer, in dem Inkulpat sich aufhielt, wäre zu verschließen zu befinden.

Pfitzinger.

Ich mein', wir schau'n gleich selber nach, ob net etwa verdächtige . . . .

Heiglmayer

.... Indicia vorfindlich sind. Wir constituiren uns im Hinblick auf in Rede stehenden Zweck mit Umgehung des sonst vorgeschriebenen Instanzenzuges als Localaugenschein-Commission und . .

Frau Heiglmayer
(ungeduldig ins Wort fallend.)

Mon Dieu! mit einem Wort: wir schauen in dem Zimmer nach. Das hat der Herr Pfitzinger kürzer und weitaus deutlicher gesagt. — Vorwärts!

(Bewegung Aller gegen das Zimmer.)

Franz.

Man kann doch net in ein wildfremdes Zimmer einfallen, als wie ein feindlicher Streifzug in ein Bauerndorf.

Frau Heiglmayer

So? man kann nicht? Warum denn nicht? Ist denn nicht der Herr Feldwebel selber vor kaum einer Stund' in so einem wildfremden Zimmer angetroffen worden? — W i r kommen freilich nicht mit Blumen-Bouquets, aber dafür in einer streng moralischen Absicht . . . . . . Anna, Du gehst mit! Der Herr Feldwebel kann dableiben

(mit einem höhnischen Knix gegen Franz)

damit er die sogenannte Frau von Hofmann trösten kann, wenn s' etwa in währenddem z' Haus kommen sollt'. Vorwärts!

(Alle, ohne Franz, gegen die Thüre.)

Franz
(für sich.)

Wenn die so fort macht, kann sie sich als Schwiegermutter noch auswachsen!

Heiglmayer
(schon an der Thüre.)

Ausgebeten möchte ich mir indessen haben, daß, soviel als es unter obwaltenden Umständen möglich ist, der gewissermaßen amtliche Character der Besichtigung gewahrt wird. — Sie geht natürlich mit, Lisi!

(Alle bis auf Franz ab in's Nebenzimmer.)

11. Scene.

Franz, gleich darauf **Poldl.**

Franz.

Viel lieber bei Aspern im Hagel von vierhundert französische' G'schütz', als bei so einer fatalen Sach' mitthun! .... Wann i' nur wüßt', wie man der armen Frau von Hofmann heraushelfen könnt'! — Ah, der Poldl!

Poldl
(rasch eintretend.)

Jetzt geht's aber schon ganz schief!

Franz.

Mohrenelement! Was gibt's denn schon wieder!

Poldl.

Der Herr Leibkammerdiener kommt! Wann der den Rud'l Leut' in seiner Wohnung find't — vieleicht derschlagt er a paar ....

Franz
(halb für sich.)

J' wenigstens könnt' 's net billiger thun.

12. Scene.

Vorige, Hofmann, Alle aus dem Nebenzimmer.

(Die Thüre links und die Hauptthüre öffnen sich zur gleichen Zeit. Während aus dem Nebenzimmer Alle — viele davon bepackt mit allerlei Geräthschaften, als da sind, Kistchen, Bettkissen, Körbchen ꝛc., welche sie behufs näherer Untersuchung mit herausgenommen haben (Einer schleppt ein Nachtkästchen mit sich) — in wilder Unordnung herausdrängen, tritt Hofmann durch die Hauptthüre auf die Bühne und bleibt an der Thüre, erstaunt und erschrocken angesichts der Menschenmenge stehen.)

Heiglmayer
(ohne Hofmann zu sehen, im Amtseifer.)

So, meine verehrten Herrschaften, nun wollen wir an die gewissermaßen amtliche Untersuchung des Vorgefundenen gehen . . . . Ein Inventarium. . .

Hofmann
(Mann in den Fünfzigern, schneeweißes Haar, glatt rasirt, mit peinlicher Sauberkeit gekleidet; in seinem Benehmen etwas ängstlich.)

Was verschafft mir denn das ausgezeichnete Vergnügen?

Alle
(durcheinander.)

Der Herr von Hofmann! Der Herr Leibkammerdiener!

(Kleine Pause, während welcher sich die Anwesenden unschlüssig und verlegen ansehen, wie sich gegenseitig auffordernd, die nöthigen Erklärungen zu geben.)

Hofmann
(sehr betreten langsam nach vorne kommend.)

Die Herrschaften sehen mich sehr erstaunt . . .

Heiglmayer.

Hm . . . es ist . . . es war . . . es . .

Frau Heiglmayer
(sich nach vorne drängend und an Hofmann herantretend.)

Mon Dieu! Es ist ein Glück, daß der Herr Leibkammerdiener just dazu kommt. Nur so kann man den Muth finden, dem Herrn Leibkammerdiener endlich die Augen zu öffnen.

Franz
(bei Seite grimmig.)

Die künftige Frau Schwiegermutter hat aber wirklich ein Maul wie ein Richtschwert. Na, die werd' i' mir herrichten!

Heiglmayer.

Was allerdings nicht ohne Schwierigkeiten executiret werden kann, denn . . . .

Frau Heiglmayer.

Es ist nicht mehr mitanzuschauen. Man hat doch Kinder, über deren Sittenreinheit man zu wachen hat, die man vor jedem bösen Beispiel bewahren will.
(Zu den Nachbarn und Nachbarinnen.)
Hab' ich recht?

Nachbarn und Nachbarinnen
(durcheinander.)

Ja freilich! Ja, ja, so ist's!

Poldl
(zu einem von den Nachbarn.)

Sie haben 's gar nothwendi', Sie Hamlicher, Sie! (Zwischen Beiden entwickelt sich ein — leise geführter — Streit, zu dessen Schluß Poldl seinem Gegner eine lange Nase dreht.)

Hofmann
(sehr ängstlich.)

Ich bitte die viellieben Herrschaften um Verzeihung, aber ich muß gestehen, es ist mir völlig unklar . . . .

Poldl
(seinen Streit beendigend für sich.)

J' geh', sonst müßt' i' wirklich noch Ein' Eine anschau'n lassen.
(Geht während des Folgenden auf Umwegen leise ab.)

Frau Heiglmayer.

Der Herr Leibkammerdiener wird sofort im Reinen sein: Seit längerer Zeit schon munkelt man im Haus allerlei . . . .

Hofmann
(wie oben.)

Was denn, wenn ich bitten darf!

Frau Heiglmayer.

Man flüstert sich, wie gesagt, zu, daß die Frau — hm — die Frau Leibkammerdienerin in der Zeit, wo der Herr Leibkammerdiener abwesend sind, . . .

Anna.

Mutter!

Frau Heiglmayer.

Da hilft Alles nichts — die Wahrheit muß end=

lich an den Tag.... Daß also die Frau Leib=
kammerdienerin den Herrn Leibkammerdiener ge=
wissenlos hintergeht.

Nachbarn und Nachbarinnen
(durcheinander.)

Ja, das hört man schon längst.... Von al=
lerhand Bandlereien.... Man hat's halt nie
net beweisen können.... Aber g'wußt hab'n wir's
schon längst....

Hofmann
(niedergeschmettert.)

So denkt man von meiner Frau?

Heiglmayer.

Es ist nicht zu leugnen.

Frau Heiglmayer.

Der Verdacht hat, wie gesagt, seit Langem be=
standen.... man kennt nämlich die Vorgeschichte
der Frau —

(Verschluckt das Wort.)

Nachbarn und Nachbarinnen
(untereinander.)

Und da kann man halt kein recht's Vertrauen
haben.... Das gibt's net.... Weil's das
net gibt....

Frau Heiglmayer.

Man will sogar wissen, daß ein gewisses kleines
Kind....

Nachbarn und Nachbarinnen
(durcheinander:)

Ja, man hat so 'was g'hört.... Man weiß
's freilich net für g'wiß.... Aber....

Frau Heiglmayer.

.... eine gewisse Dame zur discreten Mutter hat.

Heiglmayer.

Worüber sich indessen ein giltiger Beweis nur sehr schwer herstellen ließe.

Franz.

Man muß überhaupt net die Hälfte von dem glauben, was in so ein' Tratschnest daherg'red't wird.

Nachbarn und Nachbarinnen.
(Murren und empörte Zwischenrufe:)

Mir sein a Tratschnest? .... Da hört sich Alles auf! .... Man red't net ohne Ursach' ...

Hofmann.
(sich an die Stirne fassend.)

Mein Gott, mein Gott!—Ist so etwas denkbar!

Frau Heiglmayer

Es ist besser, man reißt das Unkraut aus, bevor 's den ganzen Garten überwuchert.... Seit gestern ist nämlich der Verdacht in einer Hinsicht zur Gewißheit 'worden: Es hat nämlich ein wildfremdes, höchst verdächtiges Individuum der Frau .... Leibkammerdienerin einen Brief g'schrieben; d'rauf ist das besagte Individuum von der Frau —hm— Leibkammerdienerin eingeladen worden, hier in die Wohnung zu kommen ....

Hofmann.

In meine Wohnung — ?

Frau Heiglmayer
(mit starker Stimme:)

Und hierselbst hat dieses Individuum die Nacht zugebracht!

Hofmann
(mit gerungenen Händen.)

Aber das ist ja unmöglich! — ganz unmöglich!

Heiglmayer.

Ich bitte! — Es ist sogar — ich muß es gestehen — gewissermaßen aktenmäßig festgestellt.

Frau Heiglmayer.

Lisi! Sie muß es ja wissen —?

Lisi
(weinend.)

Ich—er—g'schlafen hat er schon da—aber—

Hofmann.

Genug!—Hinweg aus meinen Augen!— Ich will Sie nicht mehr sehen!

Lisi
(jammernd.)

Ich hab's ja immer g'sagt, es kommt nix G'scheidtes 'raus.

(weinend links ab.)

Hofmann.

Ich kann's nicht fassen!

Pfitzinger.

Halten zu Gnaden, Herr Leibkammerdiener!— Der fremde Mensch, dem die Frau Leibkammerdienerin Unterstand gegeben hat, ist nämlich ein sehr bedenkliches Individuum, ein Staatsverbrecher sozusagen . . . .

Heiglmayer.

Ein wegen Hochverrathes steckbrieflich verfolgter, flüchtig gewordener Gefangener —

Hofmann
(entsetzt.)

Ein Hochverräther!

Pfitzinger
(sich sehr befriedigt die Hände reibend.)

Na, aber natürlich! Wenn er weiter nix ang'stellt hätt', als eine Bandelei mit der Frau Leibkammerdienerin, so hätt' man ja so ein Aug' zudruckt — so was kommt ja vor, wer wird denn wegen so ein' Schmarrn so ein Aufsehen machen! Aber ein entsprungener Staatsverbrecher, der noch so seine fünfundzwanz'g bis dreiß'g Jahrln abz'biegen hat—sehen S', Herr Leibkammerdiener, das is' ein Fressen für die Polizei!

Hofmann
(sinkt gebrochen in den Lehnstuhl.)

Ein Hochverräther im Hause eines Leibkammerdieners versteckt — ich bin verloren!

Pfitzinger.

Ah, warum net gar! Jetzt ist Alles wieder in der schönsten Ordnung sozujagen. Weil s' ihn nur wieder haben! — G'rad', wie er sich über die hintere Stiegen hat davonmachen wollen, bin ich mit einem Auge des Gesetzes daher'kommen. Jetzt dunst' er schon ganz gemüthlich im Felserl!

Hofmann.

Ein Scandal, von dem schon jetzt sicher die ganze Stadt weiß!

13. Scene.

Vorige, Frau Hofmann gefolgt von Moosbrunner.
(Beide aus dem Zimmer rechts.)

Frau Hofmann
(macht einige Schritte auf die Bühne, sieht erstaunt ringsum. Anna eilt auf sie zu.)
Was geht da vor?

Frau Heiglmayer.
Es geht vor, Madam . . . .

Frau Hofmann
(sieht jetzt erst ihren Mann, auf ihn zu.)
Joseph — Du zu Haus' —?

Hofmann
(erhebt sich mühsam.)
Um von meiner Schande zu hören!
(kräftiger.)
Von Deiner Schande, treuloses, ehrvergessenes Weib!

Frau Hofmann
(läßt ihr Körbchen fallen, schlägt die Hände zusammen.)
Joseph!
(Will auf Hofmann zu.)

Hofmann
(stößt sie zurück.)
Weg von mir! Du hast mich unglücklich gemacht! Du hast mich zu Grunde gerichtet!
(Stürzt ohne Hut wie wahnsinnig durch die Hauptthür ab.)

Frau Hofmann
(mit einem wilden Blick ringsum.)
Man hat mich verläumdet!
(Stößt einen furchtbaren Schrei aus, sinkt ohnmächtig in Anna's Arme.)

Anna.

Wasser! Wasser!

Franz

(läuft den Ruf wiederholend durch die Thüre links ab.)

Nachbarn und Nachbarinnen.

(Bewegte Gruppe, welche zum Theil gegen die Thüre links strebt, zum Theil rechts an die ohnmächtige Frau Hofmann herandrängt. Einige Stimmen halblaut:)

Ohnmächtig is' gar word'n .... Da schaut man her! .... Vielleicht verstellt sie sich!

Moosbrunner.

Möcht's net Bravo schreien? Meiner Seel' — i' scham' (=schäme) mi', daß i' so a tratschert's G'sindel übereinand' in mein' Haus wohnen hab'.

(Der Vorhang fällt.)

III. Aufzug.

Offene Straße. Der Hintergrund ist abgeschlossen durch das ehemalige Stubenthor (praktikabel). Anschließend rechts das Haus, in welchem die Familien Hofmann und Heiglmayer wohnen. Das Thor dieses Hauses ziemlich nahe an die Rampe gerückt. Vor dem Hausthore eine Steinbank. — Links (etwas weiter im Hintergrunde) das Dominikanerhaus, mit dem sogenannten „Dominikanerkeller." Vor demselben Tische, um welche zechende Gäste sitzen. Links vorne ist der Eingang in die Postgasse supponirt. Es ist Sonntag — derselbe Tag, an welchem der zweite Aufzug spielte — in den ersten Nachmittagstunden.

1. Scene.

Die Bühne ist erfüllt von plaudernden Gruppen, in welchen lebhafte Bewegung herrscht. Mehr gegen links eine Gruppe von Beamten, Honoratioren ꝛc. weiter rechts eine solche von Handwerksmeistern; endlich am rechten Flügel Gesellen. Alle im Sonntagsstaat.

1. Beamter
(zu den Nächststehenden.)

Ja, ja — gar mancher Mensch gilt für einen vollwichtigen Dukaten solange, bis er einmal irgendwo hart auffallt; dann stellt sich heraus, daß er auch nur eine ordinäre Spielmünze ist, wie so viele hundert Andere.

2. Beamter.

Ob es wahr ist, daß die Leutchen nur so sans façon ohne Trauschein neben einander hinlebten?

1. Beamter.
Sie soll ja Jüdin sein.

3. Beamter.
Nicht mehr. — Nach meinen Informationen
(mit selbstgefälligem Lächeln)
— und die sind so ziemlich verläßlich, darf ich wol behaupten — wurde die Frau schon anno fünf als zwölfjähriges Mädchen mit Taufwasser bespritzt.

2. Beamter.
Dann begreif' ich wahrhaftig nicht . . . .

3. Beamter.
Die Sache ist sehr einfach: Der Leibkammer=
diener Hofmann ist ein sehr ängstlicher Mann, der um Alles in der Welt nicht bei seinem hohen Herrn in irgendeiner Weise Anstoß erregen möchte. Etwas dergleichen fürchtete er aber offenbar als die Folge der Meldung, daß er vorhabe, die Tochter eines jü=
dischen Roßtäuschers zum Weibe zu nehmen . . . . Und so ging er eben einer derartigen Meldung aus dem Weg.

1. Beamter.
Das heißt?

3. Beamter.
Nun, es entwickelte sich jenes intime Verhält=
niß hors de mariage . . . . .
(sprechen leise weiter.)

1. Meister
(zu den Nächststehenden.)

Ich hab' 's aus Erster Hand: völlig schiach is 's herg'angen in dem Haus. Kaum hat der Mann die

Thür von außen zug'macht g'habt, is' der Rummel
losg'angen. -

2. Meister.
Wundert's Ihnen?

1. Meister.
Ah belei'—man hat's ja eh schon längst g'wußt!

3. Meister.
(etwas schwerhörig.)
G'hust' (=gehustet) hat er schon längst? — Da
wird er's eh nimmer lang' dermachen, nachher kann
sie thun, was . . . .

2. Meister.
(ihm in die Ohren schreiend.)
G'wußt hat man's — g'wußt!

3. Meister.
G'wußt! — Ah freili' hat man's g'wußt. A
jeder hat Ein'm's auf der Gassen in's Ohr g'wispelt.
—Aber daß sie's gleich mit viere oder fünfe halt'.

4. Meister.
I' hab nur von drei g'hört.

1. Meister.
Ah — da muß i' schon bitten: 's sein mehr!
(wichtig thuend.)
Einer hat ihr ein' Buschen 'bracht; derweil war der
Zweite im nächsten Zimmer versteckt; von ein Dritten
hat sie 's Kind — na, und der Vierte, das is' der
Sträfling, den f' bei ihr g'funden und verarretirt
hab'n. — I' bin grad' dazukommen, wie f' 'n ein=
g'führt hab'n.

2. Meister.

's is' a Spektakel! Wer weiß, was net noch Alles außerkommt!

(Sprechen leise weiter.)

1. Geselle

(zu den Nächststehenden im Tone der Bekräftigung.)

Ja, ja — 's is' net Anders: Auf den Alten war aufg'richt'. Wie er a wengl eh'nder z' Haus kommt, so schleicht sich der Raubmörder aus 'm Kammernetl außer und derschlagt 'n Herrn Leibkammerdiener mit ein' Hackl . . . . S i e war schon zum Abfahr'n parat. Alles Geld und Gold und Silber hat s' z'samm'packt g'habt in ein Körberl — 's is' eh bei ihr g'funden word'n!

2. Geselle

(stutzerhaft, bemüht hochdeutsch zu sprechen.)

Es is' eune Schandt für dü ganze Gögent. — Dü Lüsü soll auch im Bandl sein?

1. Geselle.

Die Lisi? — Ah freili': Die hat 'd Aufpasserin g'macht. —

3. Geselle

(bissig.)

So geht's bei die noblichen Leut' zu!

2. S c e n e.

Vorige, Heiglmayer, später Pfitzinger.

Heiglmayer

(langsam und gravitätisch von links aus der Postgasse kommend.)

Ergebenster Diener, Herr Directions-Adjunct! — Unterthänigster, Herr Ober-Rechnungs-Revident!

1. Beamter.
Ah, meine Herren, — Neuigkeiten sind in Sicht!
(zu Heiglmayer.)
Nun?—Ist von einem Geständniß zu berichten?

Heiglmayer.
Hm — es ist eine alte kriminalistische Erfahrung, daß, je schwerer ein Verbrechen ist, der Thäter umsomehr bestrebt ist, dadurch Zeit zu gewinnen, daß er seine Identität zu leugnen versucht.

2. Beamter.
Und das thut auch unser Mann?

Heiglmayer.
Zu dienen, Herr Ober-Rechnungs-Revident.. Er will partout nicht der Gesuchte sein!

3. Beamter
(mit breitem Lachen.)
Das glaub' ich ihm — ich hätt' denselben Geschmack.

1. Beamter.
Und wer will er denn sonst sein?

Heiglmayer.
Inkulpat hat die Unverschämtheit, — es bleibt aber doch unter uns, meine Herren?

Alle.
Natürlich! Selbstverständlich!

Heiglmayer.
Das Individuum hat also die Dreistigkeit, zu Protokoll zu geben, er hätte gewissermaßen ein Recht gehabt, sich in der Wohnung des Herrn Leibkammer-

dieners Hofmann aufzuhalten, weil er — lachen Sie nicht, meine Herren, — dessen Sohn sei.

Alle
(erstaunt.)

Sein Sohn?

Heiglmayer.

Wozu zu bemerken ist, daß der Herr Leibkammerdiener Hofmann meines Wissens und Erinnerns — ich habe die Ehre, den Herrn Leibkammerdiener seit fünf Jahren zu kennen! — niemals geäußert hat, daß er das Glück habe, einen Sohn zu besitzen.

2. Beamter.

Hm — mir ist aber doch so dunkel, als hätt' ich einmal von einem Sohn Hofmann's gehört . . . .

Alle

Ah, keine Idee! . . . Das hat Ihnen geträumt!
(Sprechen leise weiter.)

Pfitzinger
(ziemlich eilig von links.)

1. Beamter
(hält ihn am Rockärmel fest.)

Nichts Neues? Noch immer kein Geständniß? — Die Geschichte mit dem Sohne?

Pfitzinger
(bei Seite.)

Weiß der's auch schon!
(laut.)
Der Sünder bleibt sozusagen verstockt.

1. Beamter.

Wie? Er bleibt dabei, der verlorene Sohn zu sein?

Pfitzinger.

Ja, er bleibt wirklich dabei, — obwol die talkerte Ausred' von niemand geglaubt wird.—Allerunterthänigster Diener!

(geht weiter gegen rechts zu, für sich.)

Mir kommt immer vor, als kommet da eine riesige Blamage heraus. Warum sollt' sich der g'rad' für ein' Sohn ausgeben?

1. Beamter

(zu den Umstehenden.)

Ich glaub', wir können uns zu unserer Partie zurückziehen!
(Er und die übrigen Beamten ꝛc. ab in den Dominikanerkeller.)

1. Geselle

(Pfitzinger anhaltend.)

Ergebenster Diener, Herr von Pfitzinger! . . . Nix Neu's?

3. Geselle.

Wann wird er denn hing'richt?

Pfitzinger

(von oben herab.)

Sie werd'n separat dazu eing'laden.
(Geht weiter und verschwindet im Hauseingange rechts.)

2. Geselle.

Eun ungebülteter Mensch!

3. Geselle

(giftig.)

Mir scheint, der halt sich a schon für ein' von die Noblichen! — Spiel'n wir uns a Maß Wein aus!
(Ab mit den Uebrigen gegen den Dominikanerkeller.)

3. Scene.

Frau Hofmann, Anna, Moosbrunner
(kommen aus dem Hause rechts, gleich darauf Franz von links.)

Frau Hofmann
(beim Herausschreiten scheu zurückschreckend.)
Ach die Menge Menschen!

Moosbrunner
(mit einem langen Flor am Hut, sonst gekleidet wie in den vorigen Aufzügen.)
Net anschau'n, das tratscherte Volk — net anschau'n! Solche Leut' muß man
(bläst heftig über die flache Hand)
als Luft behandeln. Weil s' am Sonntag nix z' thun hab'n, tratschen s' halt an dem Tag g'rad' so viel als unter der ganzen Wochen. Und das nennen s' dann 'n Sonntag heiligen.

Frau Hofmann
(zu Anna.)
Der Herr Franz kommt auch nicht zurück!

Anna
(nach links weisend.)
Da kommt er g'rad' — und eilig hat er's!
(Winkt Franz mit dem Schirm.)

Frau Hofmann
(Franz ein paar Schritte entgegen.)
Nun?

Franz
(hastig.)
Der Herr Leibkammerdiener is' nirgends z' finden!

(Da er das Erschrecken der Frau Hofmann merkt, sich verbessernd.)

Das heißt — z' finden wird er ganz natürlich schon sein—aber wo s' 'n g'sucht haben is' er halt g'rad' net.

Frau Hofmann.

Guter Gott! — Wenn er sich 'was angethan hätt'!

(Alle schweigen. Kleine Pause. Moosbrunner will das Wort ergreifen, wird aber von dem Folgenden unterbrochen.)

Schusterjunge

(ein Paar Stiefel über der Schulter, so daß ein Stiefel vorne über die Brust, der Andere über den Rücken hängt, einen Zigarrenstump im Mund und die Hände in den Hosentaschen, hat sich von rückwärts her an Frau Hofmann herangedrängt.)

Mir scheint — i' hab' 'n Herrn Leibkammerdiener g'rad' in's Polizeigebäude geh'n g'sehn!

Franz, Anna, Moosbrunner
(zugleich.)

Na also!

Moosbrunner

(dem Jungen ein Geldstück gebend.)

Da hast' ein' Zwanz'ger....

(drohend.)

Wann i' Di' aber wiederum rauchen sich', reiß' i' Di' bei die Ohrwasch'ln!

Schusterjunge.

Wann S' mir jed'smal ein' Zwanz'ger schenken, derfen S' mi' alle Tag reißen. Mein Majter verlangt's ganz umasunst!

(Laufend ab.)

Frau Hofmann
(aufathmend.)

Ah — wenn der Junge die Wahrheit spricht! — Ein Stein fallt mir vom Herzen .... Vielleicht wird doch noch Alles gut. — Wenn mein Mann bei der Polizei ist, muß er ja erfahren ....

Moosbrunner.

.... wie viel als 's g'schlagen hat — a freilich! — Sehr redselig sein s' dort g'rad' net — aber so 'was werd'n s' doch net als Amtsgeheimniß betrachten. — Und, wissen S', Madam' Hofmann, — aber Sö derfen mir's net übel nehmen — wann etwa der Herr Gemal 'n Faden (=den Langweiligen) spielen wollt' — i' mein' nur! — so .... so ... auf mi' können S' Jhnen verlassen, als wie auf zwa Ehemänner; denn siberdem, daß i' weiß, was Sie an dem armen Weib ..... die .... die was mir jetzten eingraben werd'n, 'than haben, ... na, ... i' will weiter nix g'sagt hab'n: aber verlassen können S' Jhnen auf'n Sebastian Moosbrunner ....

(pötzlich abbrechend.)

Und jetzten geh'n m'r — 'pfehl' mich)!

(Mit Frau Hofmann ab durch das Stubenthor.)

4. Scene.

Franz, Anna.

Franz

(sieht Frau Hofmann nach bis sie außer Gehörsweite ist; dann:)

Du Annerl! .... Weißt — vor der Frau von Hofmann hab' i' nix sagen wollen, weil die Traurigen nur noch trauriger werden, wenn s' seh'n, wie sich die andern Leut' g'freu'n ....

Anna.

Was hast denn nur, Franzl, Du bist ja ganz aufg'regt! . . . .
(setzt sich auf die Bank.)

Franz
(vor ihr stehenbleibend.)

Ah freilich bin i' — 's is' aber a kein G'spaß! Denk' Dir: i' hab' doch ein' Erbschaft g'macht!

Anna.

Du? — Aber hat denn net der Herr Onkel Alles für die Geistlichkeit . . . . d' Mutter hat doch ein' Brief kriegt aus St. Pölten, wo 's d'rinnen g'standen is'?

Franz
(ganz glückselig.)

Da hat Einer d' Frau Schwiegermutter aufsitzen lassen . . . .
(zieht ein Papier aus der Tasche, das er Anna übergibt.)

Das is' vom Gericht — und bei Gericht müssen sie 's doch wissen.

Anna
(liest; währenddem springt Franz umher und stoßt Freudenrufe aus.)

Meiner Seel' — wahr is' 's! — Aber schrei' doch net so Franzl, d' Leut' müssen rein glauben, Du bist überg'schnappt.

Franz.

Juchhe — Heirassassa! — von mir aus soll'n j' glauben was s' woll'n!

Anna.

Weißt, m i r is' 's ja ganz gleich, ob's D' was g'erbt hast oder net — aber . . . .

Franz.

Oho! — Du da bist aber stark am Holzweg! — 's is' all'mal besser, man hat 'was, als man hat nix.
(Setzt sich neben sie.)

Anna.

Das is' schon wahr; — und dann —

Franz.

Und dann wird man ganz Anders aufg'nommen, wenn man als g'machter Mann um die Herzdam' anhalt', als wie so — von die Herrn Eltern mein' i'.

Anna.

Das is' auch wahr.

Franz.

Na, und ob 's wahr is'! — Weißt, man kann 's ja auch die Herrn Eltern gar net verdenken, wenn s' ihr Kind net Ein' geben wollen, der außer seiner Montur und a paar überzählige Halsstreifeln . . . .

Anna.

Und wenn 's D' etwa Offizier wirst —

Franz.

Etwa? — Du, das muß g'wiß sein, sonst bedank' i' mich! Der Schüppel Geld is' ja eigens dazu da, daß man die Caution erlegen kann . . . . fesch wirst D' sein, als Frau Lieutenantin!

Anna.

Geh', Tschapperl! — Reden wir g'scheidt: Die Mutter, weißt, die . . . . die mag eigentlich von Dir nix mehr wissen, hat s' g'sagt.

Franz.

Hat s' g'sagt? Du, das find' i' eigentlich impertinent!

Anna
(legt ihm die Hand auf den Mund.)

Pscht — das sagt man net!

Franz.

Du, das is' m e i n e Schwiegermutter — net die Deinige.

Anna.

Aber m e i n e Mutter!

Franz
(etwas betreten.)

Das is' auch wahr . . . . Aber lass' 's nur geh'n — sie wird schon wieder gut werd'n.

Anna.

Meinst?

Franz.

J' mein' schon.

Anna
(mit einem Blick in die Hausflur.)

Du, — mir scheint — die Mutter kommt g'rad' — verschwind'!

Franz.

J' verschwinden? — Ja z'wegen was denn?

Anna.

's is' besser, Du gehst ihr jetzt aus 'm Weg.

Franz.

Na, wannst' glaubst — ?

Anna.

Geh' nur, geh'!

Franz

(geht gegen das Stubenthor, in dem er verschwindet.)

5. Scene.

Anna, Frau Heiglmayer, Pfitzinger, die beiden Letzteren aus dem Hause rechts.

Frau Heiglmayer

(Franz nachsehend.)

Mon Dieu! — Mir scheint gar — war das nicht der Franz, der Feldwebel — fi donc! — den sein Herr Onkel enterbt hat, weil er es mit lüderlichen Frauenzimmern hält? — Anna, er hat doch nicht mit Dir gesprochen?

Anna.

Ich kann's nicht leugnen, Mutter.

Frau Heiglmayer.

Und Du hast ihm Gehör gegeben? Hab' ich denn nicht ausdrücklich verboten, daß Du Dich weiter mit diesem moralisch verkommenen Menschen einlaßt?

Anna.

Der Franz is' kein moralisch verkommener Mensch, Mutter.

(Mit einem verächtlichen Blick auf Pfitzinger.)

Wär' Jeder so brav und rechtschaffen wie er, es wär' Manches net so, wie es is' . . . . Er hat mir übrigens nur g'sagt, daß er gar net enterbt worden is' . . . .

Frau Heiglmayer.
Nicht enterbt?

Pfitzinger.
Was? — Er hat doch was . . . . wie viel?

Anna
(kehrt ihm geflissentlich den Rücken.)
Wir reden später d'rüber, Mutter!

Pfitzinger
(im Eifer.)
Später! — Wir möchten 's aber gleich wissen.

Anna
(zu Frau Heiglmayer.)
Der Herr Moosbrunner hat g'rad' früher g'sagt, daß Einem gewisse Leut' Luft sein sollen. Ich kann nur sagen: er hat Recht.

Pfitzinger
(indem er sich von den beiden Frauen abwendet und dem Dominikanerkeller zugeht, für sich.)
Dem Trutscherl möcht' ich für mein Leben gern' einmal die Kramperln stutzen!

6. Scene.
Vorige, Heiglmayer
(gefolgt von Beamten, Meistern, Gesellen aus der Richtung des Dominikanerkellers. Pfitzinger hat sich ihnen angeschlossen.)

Heiglmayer

(ersichtlich in großer Aufregung, schon aus einiger Entfernung rufend.)

Theresia! — Theresia! — Kannst Du Dir das vorstellen?

Frau Heiglmayer.

Mon Dieu — was soll ich mir vorstellen?

Heiglmayer.

Mir, für meine Person, erscheint es fast unglaublich, denn . . . .

Frau Heiglmayer.

Aber was denn?

Heiglmayer.

Der Herr Leibkammerdiener — es ist wirklich kaum zu fassen . . . .

Pfitzinger

(unterbrechend.)

Es is' ja am End' ganz gut zu erklären: wie er g'hört hat, daß er vom Dienst suspendirt ist . . . .

Anna

(einfallend.)

Mein Gott, was ist 's denn mit dem Herrn Leibkammerdiener?

Frau Heiglmayer.

Daß sich diese Männer nie klar und deutlich ausdrücken können!

Heiglmayer.

Es ist ein sehr betrüblicher Vorfall. Der Herr Leibkammerdiener soll bei der Sofienbrücke . . . .

Anna
(schreit auf.)

Heiliger Gott!

Heiglmayer.
.... als Leiche aus dem Wasser gezogen worden sein.

(Alle stehen erschüttert — kleine Pause.)

Frau Heiglmayer.
Wer hat denn diese traurige Nachricht gebracht?

Heiglmayer.
Ja, wer denn —?

(Wendet sich fragend zu den Uebrigen.)

Beamte, Meister, Gesellen
(Einer zum Andern, durcheinander.)

Ja, wer hat's denn eigentlich gesagt? — J' net! — J' hab's vom Sattlermeister! — Mir hat's der Schneider erzählt!

(Debattiren leise weiter.)

Anna
(in Weinen ausbrechend.)

Ein solches Unglück! ein solches Unglück! Die arme Frau! — So viel muß j' unschuldig leiden!

Frau Heiglmayer
(sichtlich bewegt.)

Da die Hand des Herrn so schwer auf ihr lastet, so wollen wir auch nicht richten, auf daß wir nicht gerichtet werden.

Anna
(fast schreiend.)

Aber Mutter! — Der Mann is' ja um nix in den Tod 'gangen. Seine Frau war völlig unschuldig an dem, was ihr vorg'worfen worden is'! Es is' ja gräßlich!

Alle

(bis auf Frau Heiglmayer und Pfitzinger, welche sich perplex ansehen.)

Unschuldig?

Anna

(in größter Erregung.)

Ja, ja und noch einmal ja: ganz unschuldig! — Der junge Mann, der im Haus verhaftet worden is' und dem sie aus Barmherzigkeit Unterstand gegeben hat, is' ihr Stiefsohn, der vom Vater verstoßen war und jetzt aus Amerika zurückgekehrt is'.

(Bewegung.)

Pfitzinger

(für sich.)

Da hat man's — ich bin der Blamirte! — Aus dem Viertel zieh' ich aus; 's ganze Renomme is' beim Teufel!

7. Scene.

Vorige, Poldl.

Poldl

(sehr schnell von links, laut rufend und seine Mütze in die Luft werfend.)

Hurrah! Hoch! Juchhe!

Frau Heiglmayer.

Mon Dieu — ich glaube, das Kind ist betrunken!

Poldl
(unter den Leuten.)

Net wahr is' 's Mutter! — J' g'freu' mi' nur. Denn so 'was is' ein' Unterhaltung und kost' kein' Groschen!

Alle
(durcheinander.)

Was is' 's denn? — Reden S' doch schon!

Poldl.

Der junge Mensch, den j' bei der Frau von Hofmann hoppg'nommen haben und den s' für ein' Verbrecher g'halten haben — wissen S' wer der is'? —'n Herrn Leibkammerdiener sein leiblicher Sohn is 's!

Alle
(durcheinander.)

Sein Sohn! — Hat der wirklich ein' Sohn!

Poldl.

Ein' Eßlöffel vom stärksten Gift können S' d'rauf nehmen. Vater und Sohn fallen sich an jeder Eck' einmal um 'n Hals — sonst wären s' schon längst da.

Heiglmayer.

Aber um des Himmelswillen . . . .

Frau Heiglmayer.

Der Herr Leibkammerdiener . . . .

Anna.

. . . . is' ja todt!

Poldl.

Todt? — Geh', wenn i' 'n g'rad' vor fünf Minuten in der Bäckerstraßen g'seh'n hab' — wie kann er denn da todt sein! So lebendig war der in sein' ganzen Leben noch gar nie.

Anna
(in freudigem Staunen die Hände in einander schlagend.)
Is' 's menschenmöglich!

Pfitzinger
(bei Seite.)
Die Blamage is' fertig! Leb' wol, Polizeidienst!
(Ab in das Haus rechts.)

8. S c e n e.

Vorige (ohne Pfitzinger) **Franz** (aus dem Stubenthor, hinter ihm viele Menschen; aus der Ferne lebhafte Hochrufe.)

Frau Heiglmayer.
Mon Dieu, was soll denn das wieder bedeuten?

Schusterjunge
(vorüberlaufend.)
Unter die Weißgärber hat 's Fleckerlpatschen g'regn't — tummeln S' Ihnen, Frauderl — vielleicht derwischen S' a no' a Paar!
(Läuft ab.)

Frau Heiglmayer.
Die heutige Jugend — fi bonc!

Franz
(enthusiasmirt.)
Das is' Ihnen ein Mann, unser Kaiser! Ein Mann! — so was gibt's gar nimmer!

(Neue Hochrufe aus der Ferne.)
Anna.
Du bist ja ganz aus 'm Häusl, Franzl!

Franz.
Da soll Einer net aus 'm Häusl sein, wannst so 'was miterlebst!

Heiglmayer
(zu Frau Heiglmayer.)

Ich glaube gar, sie Dutzen sich! Das ist denn doch wider alle Ordnung der Dinge. —

Frau Heiglmayer.
Wenn sich die Kinder lieben, sollen die Eltern nicht dawiderstehen. — Geerbt hat er auch, wie ich höre!

(zu Franz sehr freundlich.)

Erzählen Sie!

Alle
Erzählen! Erzählen!

Franz.
Mit der Leich' von der armen Näherin aus 'm dritten Stock is' niemand 'gangen als die Frau von Hofmann

(Zwischenrufe:

„Die Frau Leibkammerdienerin?" — „Sie is' doch a gute Seel!")

Ja, ja — denn der Herr Moosbrunner is' in der Kirchen 'blieben und hat hinter'm Taufstein g'weint, daß 's 'n nur so g'stoßen hat — man weiß eigentlich net warum? — Alsdann gut. — Wie der armselige Zug beim Invalidenhaus vorbeikommt, kommt der Kaiser daher. Er sagt ein paar Wort' zu sein' Adju=

tanten und bevor die Leut' noch g'wußt hab'n, was g'scheh'n wird, dreht der Kaiser um und — schließt sich selber dem Zug an.
(Zwischenrufe:
„Der Kaiser?" — „Ah, da schaut man her!" — „Das is' ein Mann!")
Bescheiden, wie der letzte seiner Unterthanen, den Hut in der Hand und ein Vaterunser auf den Lippen is' er hinter dem Sarg her'gangen.

Poldl.

Das is' ein guter Mann — Sie, und die Guten, die werd'n alle Tag' rarer!!

Franz.

Na, der Zug war noch keine fünfhundert Schritt' 'gangen, so waren Menschen dahinter her, als wie bei der Leich' von einer Prinzessin. 's is' a völlige Freud', so 'naus'tragen z' werd'n!

Frau Heiglmayer.

Und die Frau — Frau —

Heiglmayer.
(ergänzend.)

— Hofmann —

Frau Heiglmayer.

.... die .... die is' auch mit'gangen?

Franz.

Freilich! Und der Kaiser soll g'sagt haben: Das muß eine kreuzbrave Frau sein . . . .

Frau Heiglmayer.

Eine kreuzbrave . . . . .! Ambros, Deinen Arm!
(Beide wenden sich und gehen Arm in Arm in das Haus rechts. Im Abgehen.)
Fi donc — in dieser Gegend wird zu viel getratscht .... Ich meine, wir ziehen in ein ruhigeres Viertel.

Heiglmayer.

Wobei ich nicht umhin kann, zu wünschen,
(mit Beziehung)
daß es auch ruhiger bleibt.
(Mit Frau Heiglmayer ab.)

Poldl
(nach links weisend.)
Da kommt ja der Herr Leibkammerdiener seelig!

9. Scene.

Anna, Franz, Poldl, Hofmann und dessen Sohn, bald darauf **Pfitzinger** noch später **Frau Hofmann** und **Moosbrunner.**

Hofmann
(allseits lebhaft begrüßt, kommt auf den Arm seines Sohnes gestützt von links.)
Ergebenster, meine Verehrten, Ergebenster!. . .
(seinen Sohn vorstellend.)
Mein Sohn Alexander — derselbe junge Mann, dessen unvermuthete Anwesenheit in meinem Hause eine so namenlose Verwirrung angerichtet hat.

1. Beamter.

Hm — ja, wir haben allerdings — wol so ziemlich Alle — von dieser peinlichen Angelegenheit gehört — aber natürlich vom ersten Augenblick an nicht einen Moment gezweifelt, daß sich Alles als Mißverständniß herausstellen wird . . . .
(zu den Uebrigen.)

Nicht wahr, meine Herren, das kann man mit gutem Gewissen behaupten . . . .?

Die Beamten.

Selbstverständlich! — Wer hört denn auf solche Redereien!

2. Beamter.

Es ist nur bedauerlich, daß der junge Herr nicht selber vor der irrthümlichen . . . . vor der peinlichen Verwechslung die nöthigen Aufklärungen gegeben hat . . . .

Hofmann.

Mein Sohn wollte mich durchaus überraschen — hehe! — durchaus überraschen und d'rum machte er sich auf Umwegen aus dem väterlichen Hause, um — um der Frau Justizia, die diesmal wieder besonders blind war, in die Arme zu laufen.

(Während die Uebrigen untereinander leise weiter sprechen, bei Seite zu seinem Sohne.)

Die—die alten Kerle da brauchen doch nicht zu wissen, daß zwischen uns Differenzen bestanden haben — insbesondere, da diese nun gründlich, und, wie ich hoffe, für alle Zeiten beseitigt sind!

1. Beamter

(Hofmann wieder in's Gespräch ziehend.)

Nicht wahr, Herr Leibkammerdiener . . . .

(setzen das Gespräch leise fort.)

2. Geselle.

Ten jungän Mänschän habän sü wol ausg'lassän; das armä Mätchen, dü Lüsü, sützt abär wahrscheunlich noch.

3. Geselle.

Ja, Bruder, die was hab'n, die reden sich allerweil außer — und Schwarzer Peter bleib'n die, die nix hab'n. 's is' ein' elendige Welt überanander!

(Beide nach links ab.)

Pfitzinger

(mit einem ganz kleinen Päckchen in der Hand, einen großen unförmlichen Schirm und einen Stock unter dem Arm, schleicht sich vorsichtig aus dem Hause rechts. Da er Hofmann bemerkt, bleibt er stehen.)

Da hat man's schon: Der Herr Leibkammerdiener mit sein' Sprößling! Ausschau'n thut der junge Mensch, als wann er in sein Leben noch kein' Fliegen beleidigt hätt' — und den hab' ich Heuochs für ein' Staatsverbrecher ang'schaut. J' könnt' mir jetzt mit Gusto selber Eine 'runterhau'n! — Aber an all' dem is' niemand schuld, als die Tratschereien rundumadum — und besonders die von der Stabstratschen, der Heiglmayerin, die die Moral in Großpacht hat. Damit sie aber der Nemesis net ganz entrinnt — bleib' ich ihr 'n letzten Zins pünktlich schuldig und zieh' mich in a ruhige Gegend am Alsergrund.

(Auf das Päckchen weisend.)

Mein Gepäck hab' ich mir gleich mitg'nommen und so kann ich den Staub vom Stubenthor-Viertel ohne weiteren Aufenthalt von den Schuhen schütteln. Adjes!

(Windet sich vorsichtig zwischen den plaudernden Gruppen hindurch und gelangt auf Umwegen nach links, wo er verschwindet.)

Hofmann

(sich von der Gruppe, mit der er gesprochen hat, verabschiedend.)

Also: Adieu, meine Herren!

(Zu seinem Sohne.)

Und nun nach Haus', die Verzeihung Deiner Mutter holen.

(Beide gegen rechts.)

Poldl, Franz, Anna
(da sie Frau Hofmann, welche durch das Stubenthor kommt, bemerken, Hofmann nachrufend.)

Herr Leibkammerdiener! — Herr Leibkammerdiener!

Poldl
(Hofmann nachlaufend und ihn am Arme fassend.)

Dort kommt die Frau Leibkammerdienerin!

Hofmann
(hastig.)

Meine Frau?!

(Wendet sich rasch, eilt Frau Hofmann, welche die Arme ausbreitet, entgegen.)

Mein liebes, braves Weib! — Verzeihst Du mir?

Frau Hofmann
(an seiner Brust.)

Mein lieber Mann — Alles ist vergeben und vergessen!

(Lange Umarmung.)

Moosbrunner
(sehr gerührt.)

Nehmen Sie 's net übel, Herr Leibkammerdiener — aber i' mein' nur — wann 's Ihnen vielleicht doch noch a mal etwa leid thät', daß S' Ihner' Frau Gemalin . . . .

Poldl.
Vergaloppiren S' Ihnen nur net!

Moosbrunner
(dreht sich zornig um.)

Gleich werd' i' fuchtig werd'n! —
(wieder zu Hofmann, der aber gar nicht auf ihn hört, sondern leise mit seiner Frau spricht.)
— J' mein' nur — die Frau von Hofmann — Sie, das is' Ihnen eine Perle von ein' Weib — man könnt' 's wirklich net Anders sagen . . . .

Frau Hofmann
(ihm die Hand reichend.)

Ich dank Ihnen für Ihre gute Meinung, Herr Moosbrunner!

Moosbrunner
(ärgerlich.)

Da is' weiter 'was zum Danken!

(zu Hofmann.)

— Wissen S' Herr Leibkammerdiener: wann S' wieder a mal Tratschereien über d' Frau hören, nachher nehmen S' n Scheckel (=Stock) und hau'n S' die Banda aus 'm Haus außer. Denn, wissen S', mit dem Tratsch is' 's aso: Der Stumme sagt 's ein' Tauben in's Ohr; a Lahmer schreibt 's nieder, a Blinder lest 's vor, a Schwed' hat's g'hört, so kommt's ein' Araber zu Ohren — und doch is' 's lauter Holler!

(Näher kommende Hochrufe auf den Kaiser aus dem Hintergrunde, neue Menschenmengen durch das Stubenthor.)

3. Meister
(etwas schwerhörig — wie oben — zu seinem Nachbar.)

Was schrei'n s' denn Alle aso?

2. Meister
(ihm in die Ohren schreiend.)
'n Kaiser lassen s' leben.

3. Meister.
Ah, da bin i' dabei!
(schreit.)
Hoch soll er leben unser guter Kaiser Franz!
(Alle auf der Bühne brechen in Hochrufe aus.)

2. Meister
(zum 3. Meister.)
Wissen S', warum wir 'n Kaiser leben lassen?

3. Meister.
Nein, dös weiß i' net — aber 's macht a nix. So ein' raren Mann, wie unser'n Kaiser, kann man gar net g'nug hochleben lassen! — Hoch, Hoch und noch amal hoch!

10. Scene.
Vorige, Ein Polizist, gleich darauf Kaiser Franz.

Der Polizist
(sich durch die Menge drängend.)
Zaruck! — zaruck! — Der Kaiser!

Moosbrunner
(ärgerlich zu dem Polizisten.)
Jessas — machen S' kein so a Wasser net! Wann Sie 's net wissen, so fragen S' die Leut' umradum: für d' Sicherheit von unser'm Kaiser braucht kein Mensch net z' sorgen! In der elendigsten Hütten von ganz Oesterreich kann er unbesorgt sein Haupt niederlegen, denn überall wacht die Lieb' von sein' Volk über ihm!

Der Kaiser
(begleitet von einem Adjutanten. Letzterer in Uniform, der Kaiser in Civilkleidern: langer, dunkler Rock,

dunkle Beinkleider, Röhrenstiefel und hoher, oben breiter Cylinderhut; unterm Arm trägt er einen großen rothen Regenschirm.)

Alle.

Hoch) unser guter Kaiser Franz — hoch! hoch!

Der Kaiser
(kommt nach rechts und links grüßend langsam nach vorne.)

J' dank' Ihnen! J' dank' Ihnen!
(Bemerkt Frau Hofmann und geht auf sie zu.)
Ah, da is' ja gar die brave Frau, die mit der Leich' von dem armen Weib 'gangen is'!
(zu Frau Hofmann.)
Sie, das hat mir g'fallen von Ihnen, recht gut g'fall'n, daß S' Ihnen um die Arme so ang'nommen haben . . . . Wann S' amal a Bitt' hab'n, von der S' glauben, daß i' j' erfüllen könnt, nachher kommen S' nur in die Burg . . . .

Frau Hofmann.

Majestät!
Will auf die Knie fallen, der Kaiser sucht sie zu halten.)

Der Kaiser.

Sein S' nur vernünftig! — Wann S' was auf 'm Herzen hab'n, so sag'n S' mir's nur — mir derfen S' schon Vertrauen schenken.

Frau Hofmann
(auf den Knien.)

Majestät — ich möcht' um eine große Gnad bitten . . . .

Der Kaiser.

Um a große Gnad? — Na wann S' net gar z' unbescheiden sein . . . . Aber wer sein S' denn eigentlich?

(Zu seinem Adjutanten.)

Sein S' so gut und schreiben S' Ihnen 'n Namen von der Frau auf. — I' geh' schon auf die Sechz'ger los und da is' 's Gedächtniß nimmer so frisch wie amal.

(Zu Frau Hofmann.)

Alsdann —?

Frau Hofmann.

Majestät, ich bin die Frau von Euer Majestät Leibkammerdiener Hofmann.

Der Kaiser
(plötzlich ernst.)

Vom Hofmann? . . . .

(Schickt sich an, weiterzugehen.)

So viel i' weiß, is' aber der Hofmann a Wittiber . . . . noch dazu Einer, der, wie mir g'sagt word'n is', allerhand dumme Stückeln aufführt . . . . . I' hab 'n sogar heut' vom Dienst entheben müssen, weil i' von g'wisse G'schichten g'hört hab', die in sein' Haus vorgehen sollen . . . . Hat mir recht leid 'than, denn wir kennen uns schon a zwanz'g Jahr'n und waren allerweil z'frieden mitanand, aber —

Hofmann
(drängt sich vor und sinkt dem Weinen nahe neben seiner Frau auf die Knie.)

Majestät, mein allergnädigster . . . .

Der Kaiser
(Hofmann erst jetzt bemerkend.)

Da is' ja der Hofmann . . . . Daß Er in seine' alten Täg' noch so a Strachmacher (=Streichemacher) wird, das hätt' i' a net 'glaubt!

Der Adjutant
(flüstert nach einer tiefen Verbeugung dem Kaiser eine kurze Meldung zu.)

Der Kaiser
(wieder etwas freundlicher.)

Ah, so verhalt sich die G'schicht' — na i' muß sagen, i' hab' mir 's eigentlich eh 'denkt, daß 's doch a Bisserl anders sein wird, als 's mir zutrag'n wor=d'n is'. A Wengerl 'was wird auf so ein' weiten Weg vom Kammerdiener zum Kaiser allerweil dazu g'macht — i' weiß schon wie das is'. —

(Zu Hofmann.)

Aber das bleibt halt doch noch übrig, daß Er — in seine Jahr'! — noch Bandlereien hat. Warum hei=rath' Er denn nachher die Frau net, wann Er's gar so gern hat — han?

Hofmann
(zerknirscht.)

Euer Majestät halten zu Gnaden, wir sind ohne=dem legitim verbunden.

Der Kaiser
(mit raschem Blick auf Frau Hofmann und wieder zurück.)

Was soll denn das heißen? — Da müßt' doch i' a was davon wissen?

Frau Hofmann.

Majestät . . . .

Der Kaiser
(wieder freundlich.)

Erzählen Sie mir die G'schicht' — er wurd' eh wieder vor lauter Verlegenheit net fertig. I' muß sagen — neugierig bin i', was sich da herausstellen wird. Denn daß i' meine Leut' zum Cölibat anhalten thät', das hab'n mir meine schlimmsten Feind' noch net nachg'sagt. — Uebrigens steh'n S' auf: Das Um=rutschen auf die Knie kann i' net leiden.

Frau Hofmann
(erhebt sich.)

Euer Majestät, ich stamme aus einer jüdischen Familie. Mein Mann hat gefürchtet, daß es bei Euer Majestät einen schlechten Eindruck hervorrufen würde, wenn es bekannt würde, daß er eine getaufte Jüdin heimführt . . . . Darum hat er die Anzeige an Euer Majestät immer wieder hinausgeschoben, und so . . . .

Der Kaiser.

Ah — auf d i e Art is' der Palawatsch 'rauskommen! —

(zu Hofmann.)

Na, i' mag Ihn vor seiner Frau net weiter blamiren, aber — so a Dummheit schaut Ihm recht gleich, mein lieber Hofmann! I' dürft' a Menschenfresser sein. — I' bin a guter Christ und ebend'rum verlang' i' von meine' Unterthanen nix Anders, als daß s' brave, ordentliche Menschen sein; auf was für ein' Art die Leut' nachher mit unser'm Herrgott auf gleich kommen, das geht mich gar nix an.

(Hochrufe auf den Kaiser.)

Der Kaiser.

Na, morgen tritt Er halt wieder sein' Dienst an und wanns 's sein kann

(mit einer Handbewegung nach der Stirne.)

so schaut Er halt, daß 's da a Bißl Licht wird. Adieu!

(Neue stürmische Hochrufe auf den Kaiser, während dieser gefolgt von dem Volke langsam und nach allen Seiten grüßend in der Richtung nach links weiterschreitet.)

Der Vorhang fällt.

Ende.